Isfet et Maât
(*La Sagesse perdue*)

DU MÊME AUTEUR

Roman
L'empreinte de l'ange,
BOD, mars 2021
Baagon (suite d'Isfet et Maât),
BOD, décembre 2021

Thématique
Excel dévoilé,
BOD, novembre 2020
Word dévoilé,
BOD, mars 2021
PowerPoint dévoilé,
BOD, Juin 2021

Jeunesse (*Sous le nom de Charles Pagiaut*)
Milow, le jeune aventurier (1) : Le trésor de Sarah
BOD, Juin 2021
Milow, le jeune aventurier (2) : Milow et le secret de la pyramide
BOD, Octobre 2021

Pascal Gauthier

Isfet et Maât

Roman

Édition : BoD – Books on Demand,
12/14 rond-point des Champs-Élysées, 75008 Paris
Impression : BoD - Books on Demand, Norderstedt, Allemagne

ISBN : 978-2-3222-3495-0

Dépôt légal : juin 2020

Réédition : Décembre 2021

REMERCIEMENTS

Mes remerciements vont en premier lieu aux deux personnes qui ont eu la délicate tâche de me soutenir dans ce projet, par leurs relectures et conseils avisés ; mon épouse, première lectrice assidue et Gabriel ATTIC, mon ami écrivain, dont l'expérience m'aura permis la finalisation de ce roman. La dernière personne que je souhaiterai citer est Christian Jacq dont l'œuvre sur l'Égypte antique m'a amené à assouvir une passion dévorante (je me suis permis de reprendre le surnom de l'un de ses personnages récurrents comme un hommage).

AVANT-PROPOS

Depuis toujours l'Égypte antique fascine, interroge. Nombre de sites tels que le plateau de Gizeh et ses pyramides sont prompts à attiser notre imaginaire. Parmi ces lieux exceptionnels ; Karnak, assurément le site archéologique le plus riche pour comprendre ce que devait être la spiritualité à cette époque lointaine.

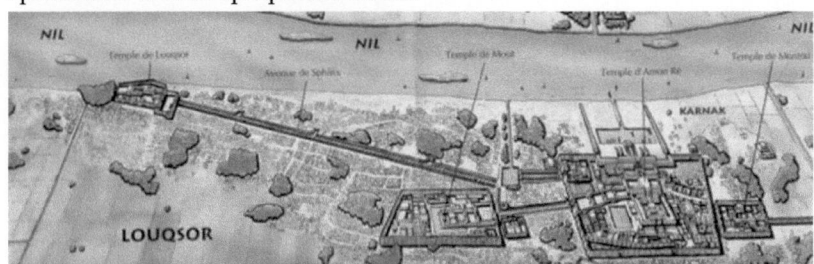

Karnak faisait partie de la métropole de Thèbes (aujourd'hui Louxor), situé sur les bords du Nil, sur la rive opposée à la vallée des Rois. Il s'agit d'un Temple qui s'étend sur plus de 2 km², il est composé de trois enceintes principales, appelées : les domaines d'Amon[1], le plus

---

[1] Principale divinité du panthéon égyptien, dieu de Thèbes. Son nom *signifie le cacher*.

vaste, de Montou[2] et de Mout[3]. Il est relié au Temple de Louxor par une allée de trois kilomètres, bordée de sphinx.

Sa construction s'étend sur près de 2 000 ans et une trentaine de pharaons ont contribué à son épanouissement architectural, dont le premier fut Sésostris[4]. Cependant, il existe une période de 300 ans où Karnak fut pratiquement laissée à l'abandon de -663 à -378, Thèbes et Karnak ayant été dévastées et pillées par les Assyriens en -663.

C'est tout naturellement à cette époque que j'ai souhaité positionner mon intrigue afin d'éviter une collusion avec des personnages réels et ainsi prolonger, le temps d'un récit, la vie de ce lieu magique. D'autant que la période choisie correspond à la basse époque et plus précisément la XXVIe dynastie marquée par ce qui fut appelé *la renaissance saïte[5]*. À cette époque l'Égypte est morcelée, le jeune Psammétique 1er réussira à expulser les Assyriens du pays et ainsi réunifier la haute et basse Égypte. Cette XXVIe dynastie verra la renaissance des rituels religieux exercés lors du Moyen et de l'Ancien Empire, sous l'égide de Maât.

Maât est très certainement la divinité à laquelle chacun des résidents du pays en général et de Karnak en particulier, se réfère. Elle est la déesse de l'équilibre du Monde, la source de la sagesse… mais parfois, l'Ordre fait place au Chaos.

---

[2] Dieu de la ville d'Hermonthis (nome de Thèbes).

[3] Déesse qui veille sur les hommes et leur redonne la vie.

[4] Sésostris I est le fils aîné du fondateur de la XIIe dynastie, Amenemhat I.

[5] Du nom de la ville de Saïs, d'où est originaire la dynastie.

La mort du sage est une portion de sa vie.
Joseph Michel Antoine Servan

P R O L O G U E

An 34 de Mosolan, mois de Phaophi[6], Karnak

Les premières lueurs du Soleil commencent à frapper la porte de l'Est du domaine d'Amon, fleuron de la *cité aux cent portes*[7]. Un chien errant est assis là et profite de la chaleur naissante de la journée, juché sur un monticule de terre avec lequel la couleur de son pelage se confond : il attend les oreilles dressées qu'un prêtre lui apporte de la nourriture.

Les deux obélisques qui encadrent l'entrée paraissent s'élever doucement vers le ciel, tels deux rayons figés dans l'éternité. Aucun nuage ne vient ternir la voûte céleste azurée. En un instant, le spectacle atteint son apogée... lorsque les feuilles d'or qui habillent les pyramidions[8] des obélisques se mettent à scintiller en harmonie avec l'astre de Râ. La cité semble endormie ; le silence est presque magique

---

[6] Second mois du calendrier nilotique (*basé sur la crue du Nil*), correspond à août-septembre.

[7] Autre nom donné à Thèbes

[8] Élément pyramidal couronnant le sommet d'une pyramide ou d'un obélisque.

en cette matinée automnale ; le canidé paraît profiter au maximum du spectacle.

Soudain… un hurlement… un cri effroyable, provenant de l'autre côté du domaine, vient détruire la sérénité ambiante. En un instant, le pauvre animal errant sort de sa léthargie et s'enfuit vers le désert. Non loin de là, près du *Lac Sacré*[9], les oies entament un cacardement, mettant en fuite un couple d'ibis[10] qui s'envole en direction de l'Est, leur couleur albâtre les faisant disparaître dans l'intensité du Soleil.

Un jeune prêtre qui faisait sa toilette matinale seul dans le lac se dirige à vive allure vers le lieu des hurlements ; traverse précipitamment une première cour ; s'élance sur la gauche dans la salle hypostyle[11] ; faufile son grand corps frêle entre les colonnes, malgré l'obscurité ; manque de perdre l'une de ses sandales trop petites pour ses longs pieds fins.

Les cris se font de plus en plus clairs, à quelques coudées, deux silhouettes semblent se dessiner. À bout de souffle, le visage juvénile en sueur, il s'arrête net… ne pouvant retenir un réflexe de recul en observant la scène… le spectacle est insoutenable, tout prêt d'un corps sans vie baignant dans une mare de sang, au pied du mur droit d'entrée de la colonnade de Taharqa[12], un homme est agenouillé et en pleurs.

Le corps gisant au sol n'est autre que le grand prêtre du Temple de Karnak : Ahmir, l'autorité la plus influente après Pharaon. Sa pardalide[13] de cérémonie encore nouée autour du cou a pris une teinte pourpre. Amarbi reconnaît rapidement l'homme en larmes, il s'agit de Kerstin, son ami, celui-là même qui, quelques années plus tôt,

---

[9] L'eau de ce lac proviendrait directement du Noun, l'océan des origines.

[10] L'oiseau appelé *ibis* en Égypte est en réalité une aigrette (*héron garde-bœuf*)

[11] La salle hypostyle couvre une zone de 5 000 m². Le toit, maintenant tombé, était soutenu par 134 colonnes.

[12] Pharaon éthiopien.

[13] Peau de léopard, attribut traditionnel du costume sacerdotal de prêtre de l'Égypte antique.

l'accompagnait au domaine d'Amon afin de devenir prêtre. Il ne sait comment réagir, son regard n'arrive pas à se détacher du visage du Grand Prêtre. L'énorme entaille traversant cette gorge… aucun doute quant au décès… Amarbi est troublé… le visage de la victime… il a l'air animé d'une… d'une bienveillance… d'une sérénité.

Dans un réflexe d'empathie, il pose une main sur l'épaule de son camarade, mais n'obtient aucune réaction. Kerstin semble ailleurs, éteint, le corps d'Ahmir à ses genoux paraît plus en vie que lui.

Les hurlements ont surpris l'ensemble de Karnak et rapidement une centaine de résidents entourent la victime. Les chuchotements forment un bourdonnement, chacun tentant de s'approcher au plus près pour apercevoir la scène.

— Écartez-vous !

La voix rauque et puissante qui vient de retentir est celle d'Habeyon, le deuxième Prophète qui malgré son corps fluet, possède une autorité naturelle, largement expliquée par cette intonation grave… tous les regards convergent vers lui et personne n'ose plus parler.

Son visage change littéralement d'aspect, passant de la sévérité… à la tristesse. Abasourdi par la scène, il lui faut quelques minutes pour reprendre ses esprits et comprendre qu'il ne rêve pas, qu'à ses pieds gît bien le corps de son ami et Grand Prêtre de Karnak.

— Nous pourrions croire qu'il respire encore ! Son illustre visage, respecté par la mort, exprime le calme et la paix de son ba[14], tant l'empreinte de son akh[15] est profondément gravée dans ses traits.

Ces quelques mots font écho avec la première impression d'Amarbi, le premier prophète n'était pas un homme ordinaire… sa mort ne l'est donc pas moins.

Habeyon se recueille encore un instant… la douleur le submerge… mais il doit se reprendre afin de délivrer ses consignes.

---

[14] L'âme immortelle, une des parties de l'âme humaine.
[15] La force divine, une des parties de l'âme humaine.

— Toufert, va prévenir Pharaon et le général Abif du mal que nous venons de subir.

— Je… je… je… m'en charge.

Le jeune père divin[16] est surpris par la demande à tel point qu'il ne comprend pas bien cette requête.

— Mais, mais… que dois-je leur dire ?

— Dis-leur que *celui qui ouvre les deux portes du ciel*, leur ami, est mort, lâchement tué et que nous attendrons auprès de son corps tant que Pharaon n'aura pas vu de ses propres yeux la terrible vérité.

Dis-leur que de nouveau l'Isfet[17] vient de frapper en plein cœur du Temple d'Amon.

Pendant ce temps, Kerstin resté agenouillé près du corps, semble comme statufié.

— Que faisons-nous pour Kerstin ? s'interroge Amarbi.

— Amène ce meurtrier chez notre ouabou-skhmet[18] afin qu'il le guérisse de sa léthargie… il devra être conscient pour répondre de son acte abominable.

— Et toi, Baagon, accompagne-les pour t'assurer qu'il n'en profite pour s'enfuir. Acquitte-toi de cette tâche avec zèle… s'il arrivait quoi que ce soit, tu serais jugé comme complice.

Le choix de Baagon, en tant que garde temporaire, est amplement justifié, le prêtre est un vrai colosse, il est respecté et impressionnant ; selon la légende, il aurait occis une lionne à mains nues qui tentait d'attaquer un groupe de jeunes enfants, une longue cicatrice sur le dos en est le témoin permanent.

Comme demandé par Habeyon, il se dirige vers Kerstin, ce qui a pour effet de le faire réagir.

---

[16] Titre donné au prêtre après avoir été initié aux Petits Mystères.

[17] Pour les anciens Égyptiens, l'Isfet représente le désordre, le mal, le dévoiement, le chaos, l'injustice : l'opposé de Maât.

[18] Médecin.

— Habeyon, je n'y suis pour rien ! J'ai découvert le corps de notre pauvre grand prêtre, il était déjà mort !

Son visage se referme instantanément et il retombe dans un profond mutisme.

— Pharaon jugera !

Le deuxième Prophète a pris un air sévère, l'instant est grave.

— Amarbi, Baagon ! Faites ce que je vous ai demandé !

Habeyon ne peut se permettre la moindre faiblesse, ses consignes fusent et personne n'ose le contredire. La mort du Grand Prêtre fait de lui l'autorité temporaire de Karnak. Il doit impérativement s'assurer que l'Isfet ne poursuive son avancée.

Amarbi aide son camarade à se relever, faisant apparaître une tache du sang d'Ahmir sur son pagne blanc. Baagon pose aussitôt sa main imposante sur l'épaule de Kerstin qui paraît surpris, la pression qu'il inflige fait vite comprendre au suspect sa détermination à accomplir son devoir.

Dès le départ des trois hommes vers la maison de Qar, médecin de Karnak, Habeyon assène ses derniers ordres en attendant l'arrivée de Pharaon.

— Que trois d'entre vous restent ici avec moi, et assurons-nous que personne ne touche à quoi que ce soit !

Il est impossible d'aimer une seconde fois ce qu'on a
véritablement cessé d'aimer.
François de La Rochefoucauld

CHAPITRE 1

An 27 de Mosolan, mois de Pharmouti[19], sept ans auparavant

Le Pharaon Mosolan, fils de Vaddi, entame la vingt-septième année de son règne. Son visage émacié lui donne, comme son défunt père, un air hautain. Il est pourtant d'un calme légendaire et est considéré par son peuple comme le plus grand et le plus sage des Pharaons qu'a connu son pays.

L'Égypte vit une période de paix et de sérénité : son ennemi emblématique, la Nation Hittite ayant été vaincue et annexée par l'Assyrie depuis plus d'un siècle, et cette même Assyrie expulsée il y a trente ans de l'Égypte par Vaddi. C'est donc dans cette ambiance paisible et par une agréable journée que Mosolan profite de la vue du jardin du palais, où ses filles Lia, Lilith et Maya aiment s'amuser en jouissant des premiers rayons du soleil.

Les nombreuses allées sont bordées de différentes plantes, et arbres fruitiers provenant des pays limitrophes et amis. Depuis la reine Hatchepsout, chaque pharaon use d'ingéniosité afin d'obtenir les plus

---

[19] Huitième mois du calendrier nilotique, quatrième mois de la saison de Peret, correspond à février-mars.

belles couleurs, les plus belles formes, allant jusqu'à organiser des expéditions pour rechercher les espèces les plus rares. Cette beauté est largement due à Ahmir, qui entretient et soigne les multiples fleurs de ce magnifique jardin.

Comme chaque jour Ahmir s'attelle à sa tâche et comme chaque jour Mosolan admire de sa terrasse le soin et le zèle de son serviteur ; tout en observant la joie de ses enfants dans ce paradis terrestre.

Le jardinier du palais est grand et robuste, il aurait fait un excellent garde personnel, pense Pharaon. Mosolan se souvient de l'entrée de cet homme à son service cinq ans plus tôt… à la suite d'un drame familial qui a vu le décès de son épouse en couche ainsi que l'enfant qu'elle portait. C'est depuis ce tragique événement que, malgré ses trente-huit ans, il affiche une calvitie et une légère barbe blanchie en signe de deuil, mise en valeur par un visage bruni par le Soleil égyptien. Pourtant, cette barbe, il devra la raser dans quelques jours pour reprendre son service de prêtre pur, comme tous les trois mois lorsque sa zaa[20] a la charge du Temple de Karnak.

Alors qu'il taille quelques rosiers, une jeune servante s'approche lentement de lui une cruche d'eau à la main. Elle semble flotter dans les allées du jardin ; ses longs cheveux bruns cachent subtilement sa poitrine juvénile ; une jupe légère laisse entrevoir des courbes magnifiques. Tout est harmonieux chez la jeune femme : ses formes, sa démarche et sa voix.

— Ahmir, as-tu soif ?

Ces quelques mots viennent lui enchanter les oreilles et même si un léger sourire commence à se lire sur son visage… il se maîtrise.

— Bonjour Abina. Je te remercie.

Il prend la cruche sans dévier son regard de ses fleurs, ses traits se ferment… une tristesse paraît l'envahir.

---

[20] L'organisation du Temple est faite par 4 groupes de prêtres qui change tous les mois, appelé également *phylé* en grec et signifiant tribu.

Beaucoup de jeunes femmes du palais lui vouent une affection... une fascination tant il dégage un charisme incroyable, mais Ahmir ne semble pas sensible à ces passions féminines, le décès de son épouse est encore trop profondément ancré dans son esprit pour qu'il puisse envisager d'être attiré par une autre personne. Pourtant la jeune servante Abina n'est pas de cet avis, elle désespère depuis des mois de convaincre Ahmir qu'il se trompe. En vain... aujourd'hui, il ne daigne même plus croiser son regard.

— Ahmir, tu connais l'amour que j'ai pour toi. Pourquoi me rejettes-tu ? Qu'ai-je fait pour mériter ce mépris ?

— Pas du tout !

Sa réponse fuse... sans un regard vers Abina. Il est vrai que de nombreux hommes auraient succombé à son charme presque divin, mais Ahmir sait qu'il ne le peut pas... il ne le doit pas.

Il ressent bien une grande souffrance dans les propos de la jeune femme. Alors qu'elle est sur le point de partir, il se tourne enfin vers elle.

— Abina, je t'assure que j'ai beaucoup de tendresse et d'amitié pour toi, mais je t'en prie, je suis incapable de te donner ce que tu attends de moi.

— Pourquoi ? J'ai mal de ne pas te comprendre.

Il lui rend la cruche d'eau avec laquelle il vient de boire.

— Je suis désolé, Abina.

Un silence profond s'installe... elle tente de contenir ses larmes et s'en retourne sans un mot vers le palais.

Ahmir la regarde s'éloigner ; il a bien essayé s'imaginer dans les bras de la jeune femme, mais rien n'y fait, c'est systématiquement le visage de sa défunte conjointe qui reparaît, et il le sait très bien, il ne pourra jamais plus donner un amour aussi fort que celui qui l'unissait à Caloum son épouse disparue.

Mosolan troublé par la scène qu'il vient d'observer de son balcon décide d'aller à la rencontre de son jardinier.

Il descend rapidement les marches de marbre qui mènent au jardin et se dirige discrètement vers l'allée principale, en longeant quelques rosiers en fleur.

— Tu t'es encore dépassé Ahmir.

— Pharaon…, je ne vous avais pas entendu arriver.

— Quel est donc ton secret ?

Ahmir semble surpris et décontenancé par la question.

— De quel secret parlez-vous ? demande-t-il fébrilement.

— En aurais-tu plusieurs, mon cher Ahmir ?

Un léger sourire illumine le visage de Pharaon. Ahmir cache effectivement quelque chose à son Pharaon, mais impossible… personne n'est au courant. Pourtant, il sait que Mosolan est capable de lire dans l'âme des hommes, aurait-il deviné ce qu'il n'ose lui demander ?

— Je parle du secret qui te permet de donner cette splendeur au jardin du palais, insiste Mosolan

Ahmir repose ses outils avec soulagement et se lève pour faire face à son souverain

— Je n'ai pas de secret Pharaon. Comme vous le savez, j'ai tout appris de mon père qui était au service du Palais durant de longues années.

— Ton père était un homme admirable.

— Je lui dois tout. Il est vrai qu'il a su me transmettre son art, et si j'ai un petit secret : c'est d'avoir eu la chance de l'accompagner lors de la fête Sed[21] de notre défunt Pharaon.

— J'étais moi-même un jeune prince. La magie de cette cérémonie et celle de ce lieu seront gravées éternellement dans ma mémoire. Mais il ne s'agit pas vraiment d'un secret puisque nous nous y sommes rencontrés.

---

[21] Autrement appelé fête de la régénération ; après trente ans de règne, le souverain accomplissait de nouveau la cérémonie du couronnement.

— C'était la première fois que j'apercevais la magnifique salle des fêtes de Touthmôsis III, avec ses colonnes bleues, ce plafond constellé d'étoiles jaunes. Et ce jour-là, mon père m'a fait découvrir discrètement une fresque particulière qui se trouve juste derrière la pièce.

— Le jardin botanique ?

— Oui. Celui qui a réalisé cette œuvre a su détailler avec magie les animaux, et surtout les plantes et les fleurs que Thouthmosis avait fait rapporter d'au-delà de l'Euphrate. C'est ce jour précis que j'ai compris que je suivrai les pas de mon père.

Les yeux d'Ahmir sont emplis d'admiration à la simple évocation de l'œuvre.

— Alors, explique-moi pourquoi la beauté de cette fresque te donne plus d'émotion que la beauté d'une femme ?

La question surprend Ahmir, il ne s'y attendait pas. Le regard de Mosolan viendrait-il de percer son esprit ?

— Je ne saisis pas Pharaon.

— Ahmir, je t'observe chaque jour travailler dans mon palais et je vois bien que tu ne réponds à aucune avance des jeunes femmes de ces lieux.

— Vous avez entendu notre conversation avec Abina ?

— Oui, et bien d'autres auparavant.

— Mais Pharaon, vous connaissez mon histoire… vous devriez comprendre.

— Je sais le drame qui t'envahit, mais je reste persuadé qu'il y a autre chose à découvrir.

Comme il le redoutait, le regard perçant de Pharaon a fait son œuvre, ce regard, il le connaît bien, c'est le même que le père de Mosolan. Il s'en souvient quand enfant, il accompagnait son propre aïeul dans les jardins du palais, il le fascinait déjà.

— Eh bien, je t'écoute !

Ahmir sait qu'il ne peut plus cacher la vérité, il se doit de dévoiler son projet, il le doit par respect pour son souverain.

— Effectivement, après la mort de mon épouse, je me suis rendu compte que je ne pourrais plus jamais dédier ma vie à une nouvelle femme : c'est ce qui m'a amené à devenir prêtre Ouêb[22]... et je ne veux pas être un compagnon uniquement tous les trois mois ni pour Abina ni pour une autre.

— Pourtant la majorité de tes confrères sont mariés.

— Mon vœu le plus précieux serait de consacrer tout mon temps aux dieux... je serai incapable d'aimer une mortelle comme j'ai chéri Caloum, mon épouse.

— Souhaiterais-tu être initié aux Petits Mystères ?

Ahmir prend un air surpris, mais au fond de lui, il n'est pas tellement étonné de la question de Mosolan.

— Ce serait une joie pour moi... il est vrai que je n'ai pas été très honnête avec vous, car cela implique que je ne resterai pas à votre service aussi longtemps que mon père.

— Je ne t'en veux pas Ahmir, mais explique-moi comment se fait-il que tu n'aies toujours pas été initié ?

— Le Grand Prêtre Aduj exige une recommandation d'une haute personnalité actant de ma pureté et donc de ma capacité à être reçu aux Petits Mystères.

— Pourquoi ne lui as-tu pas demandé ?

— En suis-je digne ?

Le visage de Mosolan reprend un air sévère... anxieux.

— Bien entendu Ahmir... mais pourquoi ne l'a-t-il pas fait lui-même ? Il voit au quotidien ton engagement et ta pureté, il est temps qu'il cesse...

Mosolan s'arrête net.

La réaction du Pharaon surprend Ahmir, c'est la première fois qu'il perçoit chez ce dernier un moment d'agacement.

— Qu'il cesse quoi ? s'inquiète-t-il.

---

[22] Prêtre pur.

— Ne t'en fais pas Ahmir, nous reprendrons cette conversation plus tard.

Ahmir n'a même pas le temps de réagir que Mosolan s'en retourne à ses appartements.

Pharaon est très perturbé. Ce nouvel épisode aurait-il un rapport avec ce cauchemar qui hante chacune de ses nuits ? Il ne peut s'agir d'un hasard. Il lui faut intervenir avant que sa prémonition ne se réalise.

L'indélicatesse du Grand Prêtre envers son jardinier est un signe qu'il ne doit pas négliger. Cela n'a que trop duré. Il ne lui fait aucune confiance, il connaît également les rumeurs sur son autorité inique, sur ses jugements discutables. Aduj doit cesser de nuire à Maât.

Le danger que l'on pressent, mais que l'on ne voit pas est celui qui trouble le plus.
Jules César

CHAPITRE 2

Mosolan remonte promptement les quelques marches qui mènent à la terrasse de ses appartements privés... toujours perturbé par l'entretien qu'il vient d'avoir avec Ahmir.

Il traverse à grands pas la salle du trône pour se diriger vers le carré des gardes.

— Abif ! Abif !

— Tu me sembles soucieux Mosolan ?

Neferi, son épouse s'approche lentement ; vêtue d'une robe blanche et d'un long collier de jade, la beauté de la reine n'ayant que peu d'égales dans la cité de Thèbes.

Elle est la fille aînée du nomarque de Grande Terre[23] ; cela fait plus de vingt années qu'elle accompagne Mosolan dans sa vie, et sait parfaitement déceler lorsque son Pharaon, son mari, son confident, ne va pas bien.

— Veux-tu me dire ce qui te tracasse ?

— Ma chère Neferi, j'ai un mauvais pressentiment... je sens que l'Isfet est sur le point d'envahir Karnak.

---

[23] L'un des 42 nomes (division administrative) de l'Égypte antique.

— D'où te vient ce pressentiment ?

— Cela fait plusieurs nuits que je fais le même cauchemar, j'y vois un corps flottant sur le Nil et la déesse Maât qui plonge pour le sauver... mais elle n'y parvient pas... et les... les ténèbres s'installent sur le royaume.

— Tu as toujours su rétablir l'équilibre de Maât lorsque cela était nécessaire. Alors, pourquoi t'inquiéter aujourd'hui ?

— Je ressens une force sombre très puissante. Dans la pénombre, un visage apparaît systématiquement, et la nouvelle que je viens d'apprendre auprès d'Ahmir m'a tout de suite remis à l'esprit cette vision horrible.

— De quel visage s'agit-il ?

— Celui d'Aduj ! C'est pourquoi je soupçonne le demi-frère de mon père, le Grand Prêtre, de chercher à déstabiliser le royaume.

— Vous m'avez demandé Pharaon ? s'interroge Abif, en s'approchant de Mosolan

— Veux-tu bien nous laisser un instant, ma douce Neferi ?

Alors que la reine s'éloigne en saluant le garde personnel de son époux, Abif s'approche de Mosolan.

Les deux hommes se connaissent depuis de longues années. Abif était alors un mercenaire comme il en existait de nombreux à l'époque, lorsqu'un soir le jeune prince Mosolan fut victime d'une tentative s'assassinat, qu'il a déjoué en sauvant le jeune homme. Et c'est pour le remercier que le Pharaon Vaddi l'a nommé garde au service de son fils.

Depuis ce jour, les deux hommes cultivent un profond respect et une amitié.

— Abif, je vais avoir besoin de toi pour une mission particulière.

— Je vous écoute.

Mosolan lui fait part de sa prémonition et de l'entretien avec Ahmir.

— J'ai l'impression que l'Isfet gagne de plus en plus de terrain sur Karnak.

— Je ne serais pas étonné que ce misérable personnage prépare quelque chose de répréhensible, je ne lui fais pas confiance.

— Je n'en sais rien pour le moment Abif, les signes sont souvent difficiles à déchiffrer, mais je souhaiterais que tu enquêtes discrètement sur d'éventuels agissements contre le royaume.

— Je pars en ville pour lancer mes espions sur différentes pistes.

— Je voudrais d'abord que tu ailles chercher Aduj afin que j'aie un entretien avec lui. Je désirerais mesurer son degré de fidélité. Et tenter de cerner s'il me cache quelque chose.

— Avec grand plaisir.

Abif quitte Pharaon promptement tant la tâche qui lui est demandée le ravit au plus haut point. Pendant ce temps, Mosolan s'en retourne dans ses appartements pour y rejoindre son épouse Neferi.

Après avoir parcouru, en char, la courte distance vers le bord du Nil, Abif embarque dans un petit esquif de bois, il ne lui faudra que quelques minutes pour atteindre l'autre côté de la rive.

Tout au long de la traversée, il mesure l'immensité du Temple de Karnak avec ses obélisques majestueux qui s'imposent au domaine. Même s'il n'est pas un grand connaisseur des dieux, il ne peut être qu'admiratif face à cette architecture monumentale. Le Temple de Louqsor qui est relié par l'avenue des sphinx à Karnak lui apparaît bien petit… comparé à ce sublime domaine.

Il amarre son embarcation et monte les quelques marches qui mènent à l'allée des sphinx à tête de bélier. Les vingt immenses statues semblent faire de magnifiques gardiennes contre les impies qui souhaiteraient profaner ces lieux.

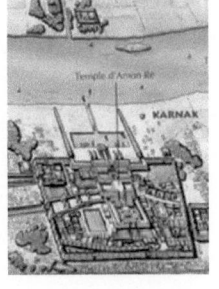

D'un pas décidé, il avance vers la grande porte de bois. Son arrivée au Temple ne laisse pas indifférente, la visite d'un représentant du palais est assez rare.

Il interpelle le jeune prêtre qui est chargé de la surveillance de cette entrée, et lui demande de prévenir le premier Prophète de sa visite. L'apparence du garde de Pharaon est loin de celle des prêtres du

Temple ; il aborde une longue chevelure et une barbe brunes, alors que la plupart des résidents de Karnak ont le crâne rasé et le visage glabre.

Un deuxième garde patiente auprès d'Abif le retour du messager, le jeune prêtre semble ridiculement petit à côté de la stature imposante de cet étrange visiteur.

En attendant le retour du premier prêtre, il admire la magnifique et immense représentation de Ramsès II en marbre rose, paraissant surveiller l'entrée des colonnades de Taharqa, assis sur son trône, la double couronne sur la tête. Il se remémore les exploits de ce pharaon légendaire, notamment la bataille de Kadesh[24]. Qu'il aurait aimé être né à cette époque et participer à ce combat extraordinaire contre les Hittites.

Pendant ce temps, le jeune prêtre se dirige vers la résidence d'Aduj, située tout près du Lac Sacré, comme la plupart des habitations du Temple. Le prêtre-surveillant arrive devant la maison du Grand Prêtre, celui-ci entrouvre la porte en évitant que les regards puissent apercevoir l'intérieur de la demeure. Le messager n'est pas surpris de cette attitude, elle est assez classique chez le Grand Prêtre de Karnak, dont le mauvais caractère est légendaire.

— Que veux-tu ?

À son habitude, l'intonation d'Aduj est sèche.

— Abif le garde personnel de Pharaon souhaite vous voir.

— Que me veut-il ?

— Il m'a simplement précisé qu'il voulait vous voir.

— Tu fais vraiment un piètre messager ! Ne reste pas planté là, va le chercher ! dit-il d'un ton énervé.

Il referme violemment la porte d'entrée.

— Que se passe-t-il ? lui demande son hôte tapi dans l'ombre.

---

[24] La bataille de Qadesh est une bataille qui a eu lieu aux environs de 1274 av. J.-C. et qui a opposé deux des plus grandes puissances du Moyen-Orient : l'empire hittite de Muwatalli, dont le centre était en Anatolie centrale, et le Nouvel Empire égyptien de Ramsès II. Une représentation se trouve sur un bas-relief au Grand temple d'Abou Simbel.

— Abif, le garde personnel de Pharaon souhaite me voir.

— Il est très certainement le messager de ton neveu.

— Que me veut-il ce misérable ?

— Ne le sous-estime pas Aduj.

— Crois-tu que Mosolan a découvert nos arrangements ?

— Je ne pense pas, si tel était le cas il aurait envoyé une escorte complète.

Aduj est très anxieux et finit par jeter le verre qu'il tenait en main, qui se brise à terre.

— C'est évident, mais je me méfie de cet Abif, il est plus malin que la majorité de ses gardes.

— Je te propose de rester tout près d'ici dans le cas où les choses… vireraient mal.

Le Grand Prêtre tourne en rond dans la pièce et se précipite vers un coffre en bois d'où il sort une arme.

— Prends cette dague et n'interviens que si je te le dis.

— Ne crois-tu pas que cela soit un peu exagéré ? Je pensais plutôt à préparer ta défense s'il venait à t'arrêter.

— Souhaites-tu réellement que nos activités soient découvertes ?

— Certes non, mais j'imagine qu'un meurtre attirera encore plus l'attention sur nous.

— Tu as raison… je dois m'inquiéter pour rien.

Après quelques minutes d'attente, Abif est à la porte, Aduj le fait entrer, en ayant pris soin que son complice se cache dans la pièce adjacente.

— Aduj, Pharaon vous fait convoquer au palais. Veuillez m'accompagner.

— Et peux-tu me donner les raisons de cette injonction ?

Ce n'est pas la première fois que les deux hommes se rencontrent et Abif ne porte aucune considération pour Aduj malgré le respect qu'impose son rang de Grand Prêtre. Il a un profond mépris pour les personnes infidèles au royaume et c'est la catégorie dans laquelle il place son interlocuteur.

— Je ne suis que le messager de Pharaon et je dois vous amener auprès de lui, fût-ce par la force !

— Voyons, Abif, loin de moi l'idée de désobéir à Mosolan. Laisse-moi quelques minutes pour me préparer et je te suis.

Aduj voit bien qu'avec ce maudit garde, son autorité n'a pas de prise. Il rentre dans la pièce où se trouve son complice.

— Que faisons-nous ?

— Je vais me rendre au Palais, cet idiot de Mosolan n'a rien contre moi. Nous aviserons à mon retour.

Pendant ce temps à Thèbes, Mosolan s'apprête à recevoir le Grand Prêtre dans son Palais. Il est assis dans un siège en acacia finement ciselé, qui appartenait au pharaon Vaddi. Tout comme son défunt père, il aime à y passer de longues minutes pour méditer. Il songe à la façon dont il va procéder pour découvrir les intentions d'Aduj, à la meilleure manière de sonder son âme.

Une heure s'est écoulée, le Grand Prêtre est au rendez-vous toujours accompagné d'Abif, et attend dans la grande salle d'audience du palais. La majesté des pylônes de bois qui entoure la pièce le fascine, ainsi que le trône vide de Pharaon au fond de la pièce.

Il ne peut s'empêcher de penser qu'il mériterait amplement la place sur ce trône. Il n'a jamais admis que son demi-frère le Pharaon Vaddi ait officiellement désigné son fils comme successeur.

— Laisse-nous, Abif.

L'apparition de Mosolan sortant de ses appartements surprend le Grand Prêtre.

— Mon cher Aduj, tu sembles bien pâle, souhaites-tu que je fasse venir mon médecin personnel ?

La question prend de court le premier prophète de Karnak.

— Non Pharaon, je vous remercie, mais notre médecin Qar prend bien soin de tous les prêtres du Temple. Il doit juste s'agir d'un peu de fatigue. Mais pouvez-vous m'expliquer cette convocation ?

— Convocation ? Non, un simple rendez-vous. Qui a bien pu te mettre cette idée en tête ? Je pensais que les relations entre le palais et Karnak étaient des plus chaleureuses. Et comment pourrais-je me permettre une telle désinvolture avec mon propre oncle ?

— Je n'en doute pas… j'ai du mal interpréter les propos d'Abif.

— Je lui parlerai de ce petit incident. En réalité, je souhaitais t'entretenir pour une demande particulière.

Le visage du Grand Prêtre reprend quelques couleurs, il est soulagé par ce début de conversation et il va même pouvoir peut-être profiter de la situation.

— Vous connaissez ma fidélité, en quoi puis-je vous aider ?

Aduj exulte intérieurement.

— Il s'agit d'Ahmir, le jardinier du palais.

— Oui ?

— C'est un homme en qui j'ai une immense confiance, je sais également qu'il est très dévoué à Karnak, qu'il prend à cœur son rôle de prêtre Ouêb.

— Je n'ai jamais eu de reproches à lui faire.

Le Grand Prêtre connaît l'amitié qu'entretiennent les deux individus. Il va devoir agir finement pour éviter les suspicions à son encontre.

— Je sais son degré de fidélité au royaume et son abnégation aux dieux, c'est un homme cultivé. Je pense qu'il serait peut-être temps qu'il découvre les Petits Mystères, qu'en dis-tu ?

Le Grand Prêtre prend un long moment pour répondre. Sa crainte majeure serait qu'un espion à la solde du Pharaon vienne fouiner dans les affaires de Karnak, mais il sait qu'un refus pourrait le mettre dans l'embarras, il n'a donc pas le choix, mais il va devoir trouver les moyens d'éviter qu'Ahmir puisse nuire à ses activités illicites.

— Je le pense aussi.

— Alors comment se fait-il que tu ne lui aies toujours pas proposé ?

— J'allais le faire, mais j'attendais simplement le bon moment c'est-à-dire au mois de Mésori[25], lorsque l'astre de Râ atteint son apogée, et cela arrivera dans douze semaines.

— Je suis ravi de voir qu'il ne s'agissait que d'un malentendu, je te laisse donc l'annoncer à Ahmir en partant... tu le trouveras dans le jardin du palais.

— Je pense que la cérémonie serait des plus solennelles si vous la dirigiez.

— Je n'envisageais pas d'autre scénario.

Aduj repart soucieux, il va falloir redoubler de prudence, la venue de cet Ahmir risque de perturber le bon fonctionnement de son activité lucrative. Mais il sait déjà qu'il a les clefs en main pour éviter cet obstacle, les épreuves qui l'attendent lui seront peut-être fatales.

Le Grand Prêtre dévale rapidement les escaliers de marbre qui mènent au jardin du Palais. Il oscille entre le soulagement que ses activités frauduleuses n'étaient pas le sujet de cette rencontre et la perspective de devoir initier aux Petits Mystères un homme à la solde de son neveu de Pharaon.

Alors qu'il s'approche d'Ahmir, il ne peut qu'admirer la grâce et la dextérité qu'il met à tailler les rosiers d'un rouge vif magnifique.

Même si la proximité avec son neveu lui inspire une profonde haine, il lui concède volontiers de grandes qualités de sagesse.

— Bonjour Ahmir.

Le jardinier du Palais se retourne surpris

— Bonjour Grand Prêtre.

— Je vois que tu mets autant de zèle au service de Pharaon qu'au service de Karnak.

— Je ne fais que mon devoir Grand Prêtre.

---

[25] Douzième mois du calendrier nilotique, quatrième mois de la saison Chémou, correspond à juin-juillet.

— Très bien, très bien, mais j'ai une question à te poser Ahmir. Préfères-tu tailler des rosiers ou servir les dieux ?

— Je n'ai jamais envisagé les choses sous cet angle.

— Contente-toi de me répondre franchement, c'est important.

— Lorsque je suis au Temple, j'ai une grande fierté à servir les divinités, à permettre que Maât règne sur Karnak et la haute et basse Égypte. Et quand je suis dans les jardins du Palais, j'essaie de reproduire la beauté que les dieux nous apportent au quotidien.

— Merci, Ahmir, ta réponse me conforte dans la décision que j'ai prise il y a quelques mois, et ce que j'ai à t'annoncer va très certainement bouleverser ton avenir.

— Que voulez-vous dire ?

— Je quitte Pharaon à l'instant, je suis venu le rencontrer pour lui demander s'il consentait à te laisser démissionner du Palais afin que tu sois en permanence sur Karnak.

— Je ne comprends pas.

— Ahmir, j'ai décidé que tu serais reçu aux Petits Mystères, je t'observe depuis quelques années et je suis persuadé que tu feras un excellent Père Divin.

Cette phrase Ahmir avait presque perdu l'espoir de l'entendre un jour et c'est avec un large sourire qu'il accueille cette nouvelle. C'est très certainement le fait d'avoir ouvert son cœur à Pharaon qui a amené les dieux à raisonner le Grand Prêtre.

— Je ne sais comment vous remercier, j'essaierai de me montrer digne de l'honneur que vous me faites.

— Tu le devras Ahmir, d'autant que Pharaon m'a confirmé sa présence. Mais prends garde... rien n'est acquis... les épreuves qui t'attendent seront périlleuses.

— J'en suis conscient.

— Attention Ahmir, ne me déçois pas, je fonde de grands espoirs en toi.

— Je suis flatté de tant d'honneur, je puis vous assurer de mon engagement total.

— Très bien, tu seras donc reçu aux Petits Mystères dans douze semaines… lors du mois de Mésori.

Les deux hommes se quittent sans bruit chacun avec sa propre satisfaction.

La prudence est la dernière vertu qu'apprennent les âmes
généreuses.
Victor Cherbuliez (1864)

CHAPITRE 3

Un mois plus tard, Thèbes

Comme ils le font régulièrement, Ahmir et Abif déambulent, de bon matin, dans les allées du jardin.

Les deux hommes se connaissent depuis de nombreuses années ; leur amitié est née d'une passion commune pour la pêche sur le Nil et les longs moments de discussion que cela engendrait ; ils étaient souvent accompagnés de Caloum et de son père Karon.

Ahmir est très reconnaissant du soutien que lui a apporté son ami, lors du décès de son épouse.

— J'ai croisé le père de Caloum dans le village, hier matin.

— Comment va-t-il ?

— Il m'a précisé que tu venais le voir de moins en moins… il en était visiblement très attristé.

— J'en suis conscient, et je m'en veux énormément, mais… j'ai toujours beaucoup de mal à aborder la mort de sa fille avec lui.

— Je comprends, et j'imagine que ta future admission aux Petits Mystères ne va rien arranger.

— Je le crains, mais je te promets de faire un maximum d'effort pour lui rendre visite.

— J'en suis certain.

Un profond silence s'installe. Cela fait partie du rituel de leur promenade, comme si le temps s'arrêtait un moment pour leur permettre de méditer sur le sujet abordé…

— Sache que Karon n'a pas été surpris d'apprendre que tu allais être reçu aux Petits Mystères… moi non plus par ailleurs ; tu le mérites amplement.

— Je te remercie Abif.

— Je sais que cela n'a pas été des plus simples et je suis heureux que notre Pharaon ait plaidé en ta faveur auprès d'Aduj.

Ahmir se retourne vers son camarade ; lui fait face ; ouvre de grands yeux d'étonnement ; il a l'air fort surpris de ce que vient de lui apprendre Abif.

— Es-tu certain de ce que tu avances ? Le Grand Prêtre m'a affirmé qu'il était à l'origine de cette requête.

Abif regarde son ami, et commence à esquisser un sourire qui termine en éclat de rire.

— Ah ! Ah ! Mon pauvre Ahmir, cela t'étonne-t-il de la part de ce mécréant ?

— Tu as raison, cela m'était apparu très étrange, il n'est pas dans ses habitudes d'avoir de la compassion pour ses semblables.

Aussitôt, Abif reprend un air sérieux, qui préoccupe quelque peu Ahmir.

— Promets-moi de prendre garde d'Aduj… je ne lui fais aucune confiance.

— Que crois-tu qu'il puisse m'arriver ? Surtout dans un lieu sacré comme Karnak.

— Méfie-toi d'Aduj.

— C'est un opportuniste, il n'est pas fondamentalement dangereux.

— Qu'Amon te protège Ahmir, je suis inquiet… et Mosolan aussi.

— Que veux-tu dire ?

— Je ne peux rien te révéler pour le moment, mais sois prudent.

Le garde personnel de Pharaon sait qu'il ne peut rien divulguer à son ami pour l'instant, ils poursuivent donc leur déambulation au milieu des fleurs du jardin encore quelques minutes.

— Rassure-moi Ahmir ; pourrons-nous continuer nos discussions une fois que tu seras en permanence sur Karnak ?

— Le domaine n'est pas une prison, mon cher Abif. Je ne quitte ni mes amis ni le Palais définitivement.

— Tu m'en vois ravi, mais qu'entends-tu par-là ?

— J'ai trouvé un accord avec Pharaon ; je viendrai régulièrement pour former les nouveaux jardiniers.

— Voici une nouvelle qui m'enchante, mais je ne suis pas certain que nous en retrouvions, un jour, un qui possède ton talent.

— S'il est investi par la beauté que nous proposent les dieux, n'importe quel homme sera le bon.

— Je reconnais bien là ta grande sagesse.

— Je vais devoir te quitter maintenant Abif, je dois me préparer pour le domaine de Karnak ; ma zaa démarre son tour dès demain matin, et il serait mal venu d'arriver en retard pour mes derniers jours de prêtre Ouêb.

— Toujours aussi consciencieux, mais je te réitère mes craintes, Ahmir… sois prudent.

Les journées des prêtres purs de Karnak, rythmées par les offrandes et les honneurs rendus aux divinités, et les quelques semaines qui s'écoulèrent depuis cette dernière conversation, finirent par estomper les recommandations d'Abif.

Ahmir, outils de lavage en main, nettoie le linge rituélique au bord du Lac Sacré, il exécute pour l'une des dernières fois ces gestes en tant que prêtre Ouêb. Un savant mélange de charbon et d'huile de fleur odorante est étalé sur les draps et divers tissus blancs. À l'aide d'une pierre ovale et aplatie sur un côté, il frotte la mixture afin d'y retirer les impuretés et y imprégner une odeur divine. Le linge est ensuite trempé dans l'eau du Lac et au moyen d'un battoir en bois, les dernières souillures sont extraites. Les gestes sont réalisés par trois fois, puis le linge est entreposé dans un grand bac en osier que deux autres prêtres emportent, aux fins de mettre l'ensemble à sécher au soleil du matin.

Ahmir est tellement concentré à sa tâche qu'il ne perçoit pas derrière lui la présence de Mosolan. Le Pharaon est accompagné de quatre gardes, il observe avec beaucoup de tendresse les gestes du prêtre.

— Bonjour Ahmir.

Il s'empresse de se lever pour saluer son Pharaon.

— Je t'en prie, poursuis ce que tu as à faire.

— Je vous remercie, mais j'avais terminé. Suis-je la personne que vous venez voir ? Y aurait-il un souci dans le jardin du Palais ?

— Non, rien de tout cela, je suis venu m'assurer auprès du Grand Prêtre que tout sera bien prêt pour ta cérémonie.

— Je ne suis pas certain de mériter autant d'égard de votre part.

— Pour quelle raison ne le mériterais-tu pas ?

— Je n'ai pas su déceler le mensonge du Grand Prêtre quant à son soutien supposé à mon admission aux Petits Mystères.

— Je suis au courant, Abif m'a fait part de votre conversation.

— Vous comprenez donc pourquoi je ne mérite pas votre bienveillance.

— Bien au contraire Ahmir, tu possèdes une si grande sagesse et bonté en toi que tu n'as pas voulu admettre qu'un tel personnage puisse avoir la bassesse suffisante pour te mentir.

— Suis-je réellement assez sage ?

— Pourquoi en douter, Ahmir ?

— Ma décision m'oblige à rendre malheureuse Abina.

— Sa tristesse s'estompera avec le temps, je lui ai indiqué qu'elle était ton choix et elle m'a chargé de te dire qu'elle comprenait.

— Merci pour votre aide Pharaon, j'irai lui parler, lors de ma prochaine visite au Palais.

Ahmir s'apprête à reprendre son activité, mais s'aperçoit que Mosolan reste auprès de lui.

— Vous m'avez l'air soucieux.

— Rien d'important, Ahmir.

— Je vois bien que vous cachez quelque chose avec Abif. Cela serait-il aussi dramatique que vous ne puissiez m'en parler ?

— Je le crains.

Pharaon explique en détail ses cauchemars.

— Je comprends pourquoi vous étiez inquiet l'autre jour… et les recommandations d'Abif sont beaucoup plus claires maintenant.

— Ahmir, j'ai une requête à te faire. Si tu refuses, je l'entendrai.

— Je préférerais avoir la gorge tranchée.

— Je souhaiterais que tu profites de ton prochain statut au Temple de Karnak pour observer et identifier si des exactions sont commises sur place.

— Je ferai de mon mieux pour m'assurer que l'Isfet n'a pas envahi ce lieu sacré… et si tel était le cas, je lutterais de toutes mes forces auprès de mon Pharaon pour l'anéantir.

— Je m'attendais à cette réponse.

— Abif a-t-il découvert quelque chose ?

— Rien de probant pour le moment, mais je sais qu'il doit voir un de ses amis scribes ce soir, afin d'étudier les archives et trouver d'éventuels mouvements étranges.

— Je connais le jeune Menothep, il est très compétent.

Mosolan prend congé d'Ahmir et se dirige vers la demeure d'Aduj afin de s'assurer que les préparatifs de la cérémonie sont en bonne voie.

Qui ne doute pas acquiert peu.
Léonard de Vinci

CHAPITRE 4

Thèbes, au même moment

Le jeune scribe Apothem déambule dans les longues allées du magasin où se trouve le trésor du royaume. Le bâtiment est situé en parallèle du Palais du Pharaon et est en permanence gardé par un bataillon de soldats. Il avance avec difficulté, muni d'une canne depuis un grave accident, afin de rejoindre son ami, et collègue.

— As-tu bientôt terminé Menothep ?
— J'en ai encore pour quelques minutes.
— Je t'attends dans la salle d'écriture.

Menothep est très certainement le scribe le plus consciencieux de la Haute et Basse-Égypte, doué d'une mémoire incroyable, rien ne lui échappe. Il aurait rêvé être un grand soldat comme son défunt père, mais malheureusement… la nature en a décidé autrement.

Alors qu'il termine son inventaire, son regard est attiré par une statuette. Elle représente Maât portant une plume d'autruche sur la tête, et dont les ailes déployées sont serties de jade. C'est sans conteste le travail d'un des meilleurs artisans du royaume. Elle est reproduite accroupie sur un socle sur lequel est gravée la célèbre citation : *Pratique la justice et tu dureras sur terre. Apaise celui qui pleure, n'opprime pas la veuve ; Ne chasse point un homme de la propriété de son père. Ne porte point atteinte aux grands dans leur possession. Garde-toi de punir injustement.*

Une fascination étrange amène Menothep à se saisir de la statuette ; puis machinalement la retourne. Soudain… son regard est attiré par une marque laissée sous le socle… un effroi le submerge… il ne peut y croire… pourtant sa mémoire ne peut pas le tromper… cette… cette statuette… il l'a eue entre les mains lorsqu'il a débuté au service du royaume, il y a deux ans. Elle faisait partie d'un lot d'offrandes pour le Temple de Karnak. Cette marque… c'est lui-même qui l'a apposée afin de ne pas faire d'erreurs.

Mais que fait-elle là ? Une angoisse l'envahit. Aurait-il commis une faute ? Non, ce n'est pas envisageable, mais alors comment est-elle revenue dans le trésor du royaume ?

Il lui faut trouver la solution ; il doit en parler au Vizir Ay ; et laisser son ami en dehors de tout cela pour le moment, tant qu'il n'aura pas découvert d'explications. Il n'est pas nécessaire de le mêler à un problème qui n'est peut-être qu'administratif.

Comme convenu, il doit retrouver son camarade Apothem dans la salle d'écriture, mais sur le chemin il ne peut s'empêcher de faire appel à sa mémoire, et il en est certain : il ne se trompe pas. Mais qui a bien pu faire une erreur, ou… s'agit-il d'un acte délibéré ? Le jeune scribe est fortement troublé et déconcerté par sa trouvaille.

— Tu as enfin terminé.
— Oui, euh… oui, c'était plus long que je ne le croyais.
— Que se passe-t-il, Menothep, tu m'as l'air soucieux ?
— Non, non, rien de spécial, juste un point administratif dont je dois m'entretenir avec le Vizir Ay… maintenant.
— Tu es sûr ? Et notre repas ?
— Ne t'en fais pas, Apothem, nous le ferons demain, je suis un peu fatigué et je souhaiterais d'abord régler cette affaire avec Ay.

— Comme tu veux, mais je ne suis pas certain que ce soit une bonne idée de terminer ta journée de travail en allant voir ce vieux bougon.

— Je n'en doute pas, mais le devoir m'appelle.

Apothem a réussi à faire esquisser un sourire au jeune scribe, et c'est rassuré qu'il s'en retourne chez lui muni de sa canne.

Sitôt son ami parti, Menothep se dirige vers le bureau du Vizir, situé dans le même bâtiment.

Le couloir y menant lui paraît très long, tant les questions fusent dans son esprit. Il arrive enfin à destination et, après y avoir été invité, entre dans la pièce aussi austère que son occupant.

— Excusez-moi de vous incommoder.

— Que me veux-tu encore, Menothep ?

Le Vizir n'est pas un homme facile, il travaille énormément et a en horreur d'être dérangé.

— Je voulais vous faire part d'une... d'une étrange trouvaille dans le trésor du royaume.

— Ah oui, et de quoi s'agit-il ?

— Eh bien, j'ai découvert une... une statuette qui ne devrait pas être là...

— ... Tu plaisantes ? Tu oses venir m'incommoder pour me dire non pas que quelque chose a été volé, mais qu'au contraire quelque chose est en trop.

— Mais Ay, cette statuette devrait se trouver sur Karnak...

— ... Cela suffit ! Je n'ai que faire de cette erreur sans importance, veille à remettre les archives en ordre, et laisse-moi maintenant !

La réaction du Vizir surprend le jeune scribe. Comment un homme de son rang peut-il ne pas prêter un intérêt à ce problème ?

Menothep en est certain, cela cache incontestablement un souci de plus grande envergure... peut-être même, un trafic frauduleux, des offrandes sont détournées pour être échangées. Mais pourquoi cette statuette est-elle encore présente ici après plusieurs années ?

Cela n'a pas de sens ; il ne doit pas en rester là ; il doit prévenir son ami Abif.

Alors qu'il quitte le bureau du Vizir, il ne voit pas qu'une ombre le suit depuis un moment et qu'elle n'a rien raté de la conversation.

Quelques minutes plus tard… la nuit est tombée et Menothep traverse à vive allure les quelques rues étroites qui le séparent de son domicile ; son esprit est toujours obsédé par cette statuette ; le doute s'installe dans sa tête. Il déambule dans les artères sombres sans se rendre compte qu'il n'est pas seul.

Au moment où il s'apprête à ouvrir la porte de sa maison, l'ombre surgit et tente de lui asséner un coup de dague dans le dos, mais même si son physique ne lui est pas favorable, il a appris différentes façons de se défendre de son père et arrive à esquisser le coup qui atteint son bras gauche. La blessure ne l'empêche pas de porter un coup de genou à l'individu qui perd son arme. Il n'a pas le temps d'ouvrir la porte pour se réfugier dans sa demeure que l'agresseur l'attrape par le cou et entreprend de l'étrangler.

Alors qu'il venait visiter Menothep pour son enquête, Abif voit la scène se dérouler à quelques pas de lui, il entend son ami crier après avoir reçu le coup de dague, il se précipite vers le jeune scribe. Il doit intervenir au plus vite, l'assaillant aperçoit dès lors la silhouette du colosse prêt à jaillir sur lui et ne demande pas son reste. Une course poursuite s'entame, mais malgré son entraînement quotidien, Abif ne parvient pas à rattraper le mécréant qui s'enfuit dans la noirceur de la ville.

— Que s'est-il passé Menothep ? requiers Abif, tout en reprenant son souffle.
— Je ne sais pas, mais… mais que fais-tu là ? Tu viens de me sauver la vie.
— Ne dis pas de bêtise et allons plutôt soigner cette blessure.
— Ne t'inquiète pas, il ne s'agit que d'une simple coupure.

La chemise de lin de Menothep est légèrement déchirée et laisse paraître une entaille sur le bras gauche. Abif installe son ami sur une chaise et commence à lui prodiguer les premiers soins.

— As-tu vu de qui il s'agissait ?

— Non, je n'ai pas eu le temps et il faisait trop sombre.

— Et que te voulait-il ?

— Je n'en sais rien, il n'a dit aucun mot... ou peut-être que... non ça ne peut être...

— De quoi parles-tu ?

— Une chose dont je souhaitais t'entretenir dès demain matin, mais... non... je ne pense pas que cela puisse avoir un rapport.

— Dis toujours, le moindre détail a son importance.

— Menothep explique en détail, sa trouvaille et l'accueil étrange du vizir.

— Malheureusement, mon jeune ami, j'imagine que ce que tu viens de me préciser est directement lié à ton agression et je compte bien découvrir l'identité de celui qui a voulu t'assassiner.

— Tu le crois vraiment, mais je suis donc en danger...

— ... ne t'en fais pas, nous soignons cette petite plaie et nous irons chercher ensemble qui a ramené cette statuette à Thèbes.

— Je n'arrive pas à comprendre l'intérêt qu'elle soit encore dans le trésor du royaume.

— Je pense que nous avons à faire un trafic plus important qu'il n'y paraît, dont les objectifs sont peut-être plus dangereux qu'on ne le croit. Mais ensemble, nous découvrirons la vérité Menothep.

— Merci, Abif, pour ce que tu fais pour moi.

— Je le fais surtout pour que l'équilibre de Maât soit le plus fort.

Après les soins prodigués, les deux hommes s'en retournent aux archives du Palais pour une longue nuit de recherche afin de retrouver la trace de la statuette... voire d'autres.

CHAPITRE 5

Le lendemain matin

Abif a les traits du visage tirés ; il a travaillé toute la nuit avec le jeune scribe Menothep. Les révélations qu'il a à faire à Pharaon sont de la plus haute importance, et c'est au pas de course qu'il se dirige vers la cour du Palais, où Mosolan a pris l'habitude de marcher dès le lever du soleil.

— Pharaon !

— Bonjour Abif, que me vaut cette visite matinale ?

— L'enquête a pris un nouveau tournant...

— ... Tu m'as l'air bien fatigué.

— Je n'ai pas dormi de la nuit.

— Allons sur la terrasse, et tu vas me préciser tout ceci autour d'un petit déjeuner.

Sur une table basse se trouve un assortiment de fruits composé de dattes, de fèves, de melons et de figues. Alors qu'il déguste un léger repas bien mérité, Abif explique à Mosolan l'agression du jeune

Menothep et leurs recherches nocturnes dans les archives pour remonter la piste de la statuette.

— Je crains que nous ayons affaire à un trafic d'une grande importance.

— Mais dans quel but ?

— Je ne vois que deux possibilités : que ce trafic serve à un enrichissement personnel d'un notable du royaume, ou pire encore, qu'il permette la levée d'une armée de mercenaires !

— Je suis très inquiet Abif... je sens que mes cauchemars vont se réaliser.

— J'en ai bien peur.

— Nous devons faire le nécessaire pour que Maât reprenne ses droits. Dis-moi plutôt ce qu'ont donné vos premières recherches ?

— Nous avons découvert que la statuette est revenue au palais par un marchand nubien. Selon les archives, il a pour habitude de venir troquer ses produits tous les septièmes jours du mois, c'est-à-dire aujourd'hui. J'ai prévu de me rendre avec quelques soldats et l'un de mes espions — qui connaît tous les commerçants du port — afin de l'appréhender dans quelques heures, au plus fort de l'activité.

— Magnifique ! As-tu d'autres voies de recherche ?

— Pour dire vrai, Menothep analyse en ce moment les différents papyrus et tablettes pour détecter le faussaire, aussi bien pour le retour de la statuette que pour sa disparition dans le lot d'offrandes incriminé.

— Qui pourrait avoir la compétence pour engendrer ce type de méfait ?

— J'ai peur qu'il ne s'agisse d'un scribe... ou de quelqu'un ayant autorité sur lui.

— As-tu des suspects en vue ?

— Parmi ceux qui en avaient la possibilité, je pense au Vizir Ay... son attitude me paraît douteuse, d'autant que son fils Baagon travaille au Temple de Karnak ; mais je n'écarte pour autant pas la piste d'Aduj.

— J'imagine que la liste pourrait encore s'agrandir si nous n'avons pas plus d'information.

— C'est pourquoi j'espère que les recherches de Menothep seront fructueuses.

— Et concernant l'agression de ce jeune scribe ?

— Pour le moment, je n'ai que ce que j'ai pu moi-même observer ; il s'agit de quelqu'un de très rapide, donc certainement assez jeune, mais ne possédant pas une grande force... sinon Menothep n'aurait pas pu se défendre.

— Emploie tous les hommes que tu veux pour accomplir au plus vite ta tâche.

— Justement Pharaon, j'aurais besoin que quelqu'un qui puisse être mes yeux et mes oreilles sur Karnak... et il y a une personne en qui j'ai toute confiance pour nous aider...

— ... Ahmir, j'imagine.

— Exactement, d'autant que très prochainement il sera en permanence sur Karnak.

— J'ai devancé ta requête Abif, je l'ai rencontré hier et il a accepté d'être vigilant et de nous prévenir à la moindre suspicion.

Après un repos bien mérité de quelques heures, le garde personnel de Pharaon se dirige vers le bord du Nil afin d'appréhender le premier suspect.

— Es-tu certain que notre homme se trouve ici ?

— Vous ai-je déjà déçu ?

Abif est accompagné de trois gardes et d'un de ses meilleurs espions, un individu que tout le monde appelle *le Vieux*.

Le débarcadère du port est bondé, les uns emplissent de frêles esquifs qui peinent à surnager dans les eaux calmes du Nil, les autres amarrent leurs bateaux, et s'empressent de proposer leurs chargements de poissons. Il est délicat de se faufiler dans cette foule et agitation incessante.

Les quatre gardes du Palais suivent encore de longues minutes le pas rapide de l'espion, et tout à coup, le Vieux s'arrête net et désigne un homme grand et mince à la peau couleur d'ébène qui s'apprête à embarquer sur un navire de commerce. Les quatre individus ont quelques difficultés pour rejoindre le vieil homme, bien agile pour son âge avancé.

— Le voici !

Les gardes se précipitent vers le Nubien qui oppose une forte résistance. Malgré son agitation, il est maîtrisé et amené auprès d'Abif. Le suspect est surpris par la situation et paraît ne pas comprendre ce qui lui arrive.

— Lâchez-moi ! De quel droit m'arrêtez-vous ?

— Celui que Pharaon me donne !

À la vue d'Abif, le Nubien cesse de s'agiter.

— Que me veux-tu ?

— Je sais que tu te nommes Kirati et je souhaiterais quelques renseignements sur l'un de tes trocs avec le palais.

— Quel troc ?

Abif sort d'une besace une tablette d'argile.

— D'après ce qui est écrit ici, tu as fourni la semaine dernière une statuette de Maât au palais de Pharaon.

— C'est exact, mais ce n'est pas un crime.

Abif poursuit son interrogatoire sans répondre à la question.

— Où t'es-tu procuré cette statuette ?

— Je ne me souviens plus de la provenance de tout ce qui passe entre mes mains.

— Je te conseille de retrouver rapidement la mémoire… il en va de la suite de ta liberté.

— Oh là ! Je suis un honnête marchand, je n'ai rien à me reprocher.

— Alors, parle !

Le Nubien réfléchit un moment et s'adresse à Abif, un peu ennuyé.

— Je me rappelle très bien cette représentation de Maât, mais si je te dévoile la personne qui me l'a vendue… je risque des ennuis.

— Laisse-moi en juger, et surtout si tu te tais, tu risques effectivement beaucoup.

Il regarde avec insistance le Nubien dont la réponse interpelle Abif.

— Il s'agit d'un marchand assyrien…

Même si ses espoirs étaient minces, il aurait préféré obtenir le nom d'un suspect sur Karnak ou Thèbes.

— … Un Assyrien ! Tu te moques de moi !

— Pas du tout !

— Je ne vois pas ce que tu risquais à me donner cette information !

— Eh bien, je sais qu'une loi existe en Égypte qui interdit de faire du troc avec les… les Assyriens.

— Cette loi ne te concerne pas, tu es nubien !

— Comment ça ? …

— … Cesse de te moquer de moi ! Quels sont les noms de tes complices !

— Je te dis la vérité !

S'il dit vrai, la piste du complot contre le royaume se précise. Tout concorde, le coupable n'a aucun respect pour les lois du royaume, il est prêt à enfreindre toutes les règles allant jusqu'à faire commerce avec l'ennemi légendaire de l'Égypte.

Il reste tout de même un mince espoir que Kirati lui mente, même s'il ne le croit pas assez malin pour être à la tête d'un trafic.

— Je suis sûr que tu ne me dis pas toute la vérité.

— Je te jure que…

— … tais-toi ! Emmenez-le !

Le groupe d'hommes s'éloigne en se faufilant dans la foule dense, en direction de la prison de Thèbes.

Le vent purifie la route.
Proverbe Hindou

CHAPITRE 6

Une semaine plus tard sur Karnak

Le Soleil commence à peine son ascension dans le ciel, Karnak est en partie endormie. Au bord du Lac Sacré, tout près de la chapelle de Taharqa, le Grand Prêtre Aduj, vêtu de sa pardalide rituélique, attend l'arrivée de Pharaon ; il ne peut retenir des signes d'anxiété. À côté de lui, Cabulatin est rayonnant malgré son âge avancé, le plus ancien des prêtres liturgiques est au service du Temple depuis plus de soixante ans, sa petite taille est amplifiée par sa difficulté à maintenir son corps droit abîmé par le temps. Habeyon les rejoint rapidement affichant comme à son habitude et en toute circonstance un air sévère.

Mosolan fait son apparition, il approche lentement en admirant l'architecture de la chapelle, l'édifice a été construit il y a soixante-dix ans sous l'impulsion de son ancêtre Taharqa. Et c'est en partie ici que son protégé Ahmir sera accueilli aux Petits Mystères, très certainement grâce à son intervention auprès d'Aduj deux mois auparavant.

Mais Pharaon sent qu'ils ne peuvent démarrer sans avoir reçu un signe des dieux, car même si cette approbation divine n'est normalement dévolue qu'aux seuls pharaons, Mosolan le sait, Ahmir est un homme d'exception promis à un avenir d'exception.

Au bout de quelques minutes d'attente, un léger cri se fait entendre ; au loin ; dans le ciel bleu matinal. Les regards se tournent vers l'Est d'où semble provenir un chant d'oiseau. Contre toute attente, le signe paraît se manifester ; un couple d'ibis vole au-dessus de l'eau, ils forment des cercles comme s'ils surveillaient les lieux. Le jeune mâle est le premier à se décider et plonge vers le lac en se posant en douceur. Il est très vite rejoint par la petite femelle dont la pureté du plumage blanc émerveille Mosolan… observateur attentif de la scène du bord de l'eau. C'est un présage des dieux, se dit-il, Amon vient de donner son approbation, il en est maintenant convaincu… Ahmir est protégé des dieux et un avenir florissant lui est promis.

Non loin de là, Ahmir a été transporté par Habeyon dans une pièce isolée et sombre, il attend… médite. L'obscurité est propice à la réflexion ; il pense à son épouse, aux quelques trop courtes années de bonheur qu'ils ont vécu, elle, la fille d'un pêcheur, et lui le fils du jardinier du Pharaon Vaddi ; il se demande s'il a été un bon époux, un bon fils, s'il aurait été un bon père. Ses pensées sont nombreuses, sera-t-il à la hauteur du défi qui l'attend ?

Il doit être totalement pur avant de se présenter aux Petits Mystères, à la fin de la nuit, Habeyon, aidé de Cabulatin, lui a rasé le visage ainsi que le peu de cheveux qui lui restait.

Voilà maintenant deux heures qu'il est enfermé dans ce lieu, et lentement, progressivement, ses pensées s'apaisent ; il imagine la beauté de son épouse l'observant fière de son choix ; il l'imagine avec leur fils courant dans les allées d'un jardin magnifique.

Pendant ce temps, Pharaon s'approche des trois prêtres, et par un hochement de tête leur signifie que la cérémonie peut démarrer.

Aduj met quelques secondes à réagir, encore sous le choc du signe des dieux symbolisé par le couple d'ibis, pourtant… il ne peut plus reculer, il sait que le peut-être prochain père divin va lui poser de gros problèmes… vigilant… il doit rester très vigilant.

— Habeyon va quérir Ahmir afin qu'il démarre ses épreuves.

— Très bien premier prophète.

En quelques minutes, le prêtre liturgique rejoint la pièce où se trouve l'impétrant. Il ouvre lentement la grande porte de bois qui grince et vient stopper net le silence profond de méditation du futur initié. Habeyon s'approche de lui dans la pénombre.

— Ahmir, tu as été désigné pour être admis aux Petits Mystères, mais avant cela tu vas devoir être totalement purifié. Persistes-tu dans ton désir à poursuivre ton chemin initiatique ? Je dois te prévenir que bientôt tu ne pourras plus reculer.

— Je le désire.

— Alors, suis-moi sans un bruit.

Ses yeux mettent quelques instants à s'habituer à la lumière du jour levant, et au fur et à mesure qu'ils s'approchent de l'étendue d'eau, il commence à reconnaître les trois silhouettes qui l'attendent. Soudain, un battement d'ailes puis un second surprennent tout le monde, les deux ibis viennent de prendre leur envol et entament une sorte de danse au-dessus d'Ahmir, celui-ci est dans un premier temps étonné par le spectacle puis une force qu'il ne saurait décrire commence à l'emplir d'une grande sérénité.

Alors que les oiseaux terminent leur vol et reprennent leur place au centre du lac, Ahmir aperçoit Pharaon qui l'accueille par un large sourire de bienveillance.

Aduj vient casser d'un ton sec cette ambiance magique.

— Ahmir, quelqu'un peut-il se porter garant de ta période de chasteté et de purification de trois années ?

Par cette question rituélique, il sait qu'il vient de piéger son nouvel ennemi.

Habituellement, le futur prêtre pur passe trois années au service du Temple de Karnak, et le Grand Prêtre est le seul garant de la pureté des prétendants puisqu'il a pu les observer chaque jour… aucun mot ne sort de la bouche d'Aduj, le silence devient pesant, mais sa jubilation sera de courte durée.

— Moi, Mosolan, Pharaon de la haute et basse Égypte, je peux garantir que j'observe depuis trois ans cet homme au service du Palais, il est resté totalement pur durant cette période que Maât m'en soit témoin.

L'intervention de Pharaon manque de faire vaciller Aduj, il avait envisagé que Mosolan se porte garant pour un simple jardinier, mais avait surtout espéré que ce dernier n'en aurait pas le courage. Le voici pris au piège… ou presque. Il poursuit, fébrile, la suite du rituel sous le regard méfiant de Mosolan.

— Puisqu'il en est ainsi, Habeyon et Cabulatin, faites lui faire son ultime bain rituélique de prêtre pur afin qu'il ne souille pas l'enceinte sacrée.

Alors que les deux prêtres ritualistes s'approchent d'Ahmir, Mosolan se dirige discrètement dans la chapelle de Taharqa.

Avant d'entrer dans le Lac Sacré, Ahmir doit se dévêtir et se présenter nu. Il ôte son pagne et ses sandales en les posant délicatement sur la rive. Il est invité par Cabulatin à s'introduire dans l'eau. Il pénètre doucement… l'eau a conservé la faible température de la nuit, il avance lentement… au bout de quelques mètres, le liquide atteint son cou. Ce rituel, il a par habitude de l'effectuer tous les matins avec les autres prêtres, mais aujourd'hui est un jour particulier, il est seul et cette purification va lui permettre de réaliser la première grande étape de son initiation. Il reste quelques secondes là, immobile, et commence à ressentir de l'apaisement.

Lorsqu'il revient sur le rivage, Habeyon et Cabulatin poursuivent le rituel en le couvrant d'onguent[26] et d'huiles odorantes, puis pour cacher sa nudité, lui mettent un pagne immaculé, symbole de pureté.

---

[26] Substance aromatique utilisée autrefois pour adoucir, parfumer la peau.

Ils accompagnent Ahmir jusque devant le Grand Prêtre et attendent qu'il prononce la phrase rituélique.

— Cabulatin conduit Ahmir vers la chapelle afin qu'il subisse les épreuves.

Les deux hommes entrent par la porte latérale de la chapelle, la porte principale étant réservée uniquement aux prêtres de Karnak. Puis arrivés au milieu de la grande salle, ils se placent devant un escalier qui semble descendre dans les profondeurs de la Terre.

Le Grand Prêtre sort un poignard… personne ne réagit.

— Ahmir, tu as demandé à être admis aux Petits Mystères, mais avant tout tu vas devoir prêter le serment du Secret. L'acceptes-tu ?

— Oui !

— Alors, agenouille-toi, les mains dans le dos !

Les yeux du Grand Prêtre semblent dans le vide, des perles de sueur coulent le long de ses joues, il lui pose le poignard au niveau du cou, la lame est tellement bien aiguisée qu'une légère coupure apparaît. Les regards inquiets des autres prêtres et un subtil toussotement d'Habeyon lui font relâcher la pression.

Il revient à lui lentement, puis poursuit le rituel.

— Cette lame est là pour te rappeler que tu admets la mort, si jamais tu révélais quoique ce soit de ce que tu verras aujourd'hui ou que tu apprendras plus tard. Acceptes-tu de prêter serment ?

— Oui !

— Les préparations exigées sont pénibles et périlleuses du côté du corps, et ne sont cependant, peu de chose, en comparaison de celles qu'on exigera du côté de l'âme.

— Persistes-tu ?

— Oui, je persiste !

— Alors, pénètre dans ce Temple souterrain et si tu survis, c'est que tu auras été digne d'être admis aux Petits Mystères.

Ahmir se présente devant la grande porte de bois et peut lire sur le fronton : *Qui-conque fera cette route seul et sans regarder derrière lui, sera purifié par le feu, par l'eau et par l'air et s'il peut vaincre la frayeur de la mort, il sortira du sein de la Terre, il reverra la lumière et il aura le droit de préparer son âme à la révélation des mystères.*

Il ouvre la porte et entame la descente des marches qui s'enfoncent dans les ténèbres.

Arrivé en bas, il se retrouve dans le noir complet, il comprend la dernière phrase lue sur le fronton : *s'il peut vaincre la frayeur de la mort, il sortira du sein de la Terre, il reverra la lumière.* En attendant, il pose sa main gauche sur le mur afin de ne pas perdre ce seul repère et commence son périple.

Au bout de quelques mètres, la paroi forme un angle droit… il tourne sur la gauche… des bruits étranges, voire effrayants, se font entendre. Une chaleur se fait ressentir… devant lui, une légère lueur… elle semble provenir d'une pièce sur la droite… les bruits sont de plus en plus forts. Il s'approche lentement de la lumière tout en restant collé contre le mur de gauche.

Arrivé près de la salle, une grande boule de feu jaillit et manque de le brûler au visage.

L'homme qui observe la scène comprend que son piège n'a pas apporté les effets escomptés. Sans sa prudence, Ahmir aurait dû se transformer en torche humaine.

Soudain plus aucun son… une voix, surgit de l'au-delà, se fait entendre.

— Les bruits que vous avez entendus sont les passions qui agitent le profane. Vous venez de braver les flammes de la purification, puissent celles de l'Amour embraser votre cœur !

— L'Épreuve du Feu est terminée ! Vous venez d'être purifié par Râ ! Poursuivez votre chemin, mais soyez prudent !

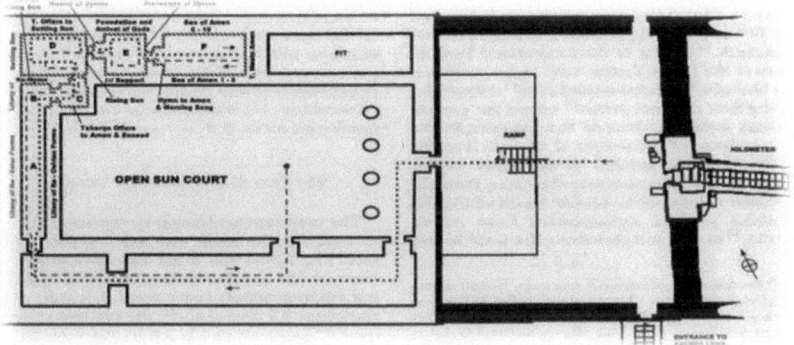

L'obscurité est redevenue complète, mais… au bout du couloir, une nouvelle lueur… les bruits reprennent, mais de moins en moins fort.

Il avance lentement, soudain son pas se dérobe et chute de tout son long dans un puits rempli d'eau froide… il n'a pas pied et s'enfonce inexorablement. Pourtant il ne panique pas, et même ses pensées s'apaisent, cette épreuve lui rappelle les moments magiques qu'il passait avec Caloum son épouse, il se souvient des sorties dans le Nil où ils aimaient pratiquer la pêche sous-marine. Ces moments privilégiés ont fait d'Ahmir un excellent nageur et c'est avec dextérité qu'il remonte à la surface et sort promptement de la fosse.

De nouveau, l'homme caché se dit qu'il aurait dû se noyer. Habituellement, la hauteur d'eau est de deux coudées royales,[27] car la plupart des Égyptiens ne savent pas nager… sauf malheureusement cet Ahmir, pour qui les quatre coudées n'ont pas suffi. Pharaon avait-il vu juste en indiquant qu'il est protégé par les dieux ?

Soudain, les bruits cessent… une voix se fait entendre.

---

[27] Appelée également grande coudée est la mesure utilisée par les architectes égyptiens dans leurs calculs pour l'élaboration des monuments. Il s'agit de la mesure de référence du système de mesures égyptien. Elle mesure entre 52 cm et 54 cm.

— Le bruit était moins intense, les difficultés s'aplanissent de plus en plus sous les pas de l'homme qui persévère sur le chemin de la Vertu.

— L'Épreuve de l'Eau est terminée ! Vous venez d'être purifié par Hâpy ! Poursuivez votre chemin, mais restez prudent !

De nouveau, la paroi forme un angle droit, il doit tourner sur la droite. C'est alors qu'un courant d'air le fouette au visage, mais plus aucun bruit, il semble régner une sérénité ambiante. Ahmir continue son chemin dans ce couloir qui paraît interminable… le vent ne cesse pas.

Soudain, il arrive face à un mur, il tente de trouver une sortie, mais à part une porte sur sa droite, rien ne semble lui permettre de poursuivre.

Le vent cesse d'un coup… une voix se fait entendre.

— Plus aucun bruit, plus aucun obstacle n'est venu perturber votre cheminement, votre âme paraît apaisée.

— L'Épreuve de l'Air est maintenant terminée ! Vous venez d'être purifié par le souffle divin d'Amon !

La porte s'ouvre lentement.

— Pénétrez, observez et écoutez.

La pièce est une représentation miniature d'un Temple à ciel ouvert, éclairée par la lumière du soleil. Au fond, Ahmir reconnaît Mosolan, qui l'accueille avec un large sourire ; il est vêtu d'habits de cérémonie somptueux. Devant lui également en vêtement rituélique se trouve Aduj, qui conserve un air sévère et anxieux de voir qu'Ahmir a passé sans encombre toutes les épreuves, ainsi que le médecin Qar et Habeyon.

Cabulatin posté près de la porte d'entrée s'adresse directement à Ahmir.

— Sur ce trône est l'Hiérophante, il préside aux Petits Mystères, il représente le Demi'OurGas (Je bâtis-ciel-terre), suprême architecte du ciel et de la terre… le Dieu unique.

— Devant lui se tient l'Assistant de l'Autel, il représente la Lune, puis le Dadouque, emblème du Soleil et l'Interprète Sacré.

Pharaon prend alors la parole.

— Ahmir, tu viens de passer avec succès les épreuves du Feu, de l'Eau et de l'Air, tu as donc été jugé digne de recevoir l'enseignement du premier degré de la Sagesse. Écoute et médite la parole de l'Interprète Sacré.

Habeyon s'avance vers Ahmir.

— Thalmidite, tel est à cette étape ta dénomination, sache que la Sagesse préside aux leçons de la Morale.

— Il ne faut rien posséder en propre, que pour être vertueux, il faut se mettre au-dessus des préjugés, pratiquer l'humilité, être juste, sincère et ne pas commettre d'action inique.

— L'ignorance est nuisible au bonheur des hommes, par la Lumière, dont la vue est le but de nos travaux, nous devons entendre la Connaissance et l'ensemble des vertus.

— Un Thalmidite doit vaincre ses passions, soumettre sa volonté et persévérer.

— Je ne te le demanderai qu'une seule fois, t'engages-tu à accomplir les devoirs de ton état, à fuir le vice, à pratiquer la Vertu, à honorer tes parents, et à ne pas être cruel envers les animaux ?

La réponse d'Ahmir retentit contre les murs de la salle.

— Je m'y engage !

— Très bien mon frère, car c'est comme cela que nous nous appelons entre initiés, je laisse l'Assistant de l'Autel te donner le secret du mot sacré.

Habeyon revient près du trône et Qar s'approche d'Ahmir.

— Retourne-toi mon frère et observe la colonne de droite près de la porte d'entrée.

Ahmir se retourne et peut apercevoir ces deux colonnes de chaque côté de la porte ; il ne les avait même pas vus en entrant dans la salle tant il était concentré sur le visage chaleureux de Mosolan.

— Tu y vois un hiéroglyphe étrange dont la signification est : la Sagesse est en Dieu. Il s'agit là du mot sacré des Thalmidites.

Ahmir tente de bien garder en mémoire les contours de ce signe curieux.

— Hiérophante, l'instruction de notre frère Ahmir à la Sagesse est juste et parfaite.

— Puisqu'il en est ainsi, tu vas maintenant recevoir l'enseignement du deuxième degré des Petits Mystères par le Dadouque. Écoute et médite.

Qar reprend sa place et Aduj s'approche d'Ahmir avec moins d'enthousiasme que ses prédécesseurs.

— Hébérémite, tel est à cette étape ta dénomination, sache que la Force du génie préside aux sciences. C'est pourquoi tu seras instruit aux mathématiques, à la physique, à la géométrie, à la médecine et à l'astronomie.

La plupart de ses sciences sont déjà bien connues d'Ahmir, mais il sait devoir s'améliorer pour progresser dans la connaissance des Mystères.

— Maintenant, retourne-toi et observe la colonne de gauche, tu y vois un hiéroglyphe étrange dont la signification est : En Dieu réside la Force.

De nouveau, Ahmir tente de bien le garder en mémoire.

— Hiérophante, l'instruction de notre frère Ahmir à la Force est juste et parfaite.

— Puisqu'il en est ainsi, mon frère Ahmir je te déclare définitivement admis aux Petits Mystères et tu porteras donc dorénavant le nom de *père divin*.

C'est avec une grande fierté qu'Ahmir accueille cette phrase.

C'est de la confiance que naît la trahison.
Proverbe arabe

CHAPITRE 7

Tous les protagonistes sortent du Temple et près du Lac Sacré se retrouvent face à une centaine de soldats, à la tête de laquelle se trouve Abif. La réaction du Grand Prêtre Aduj ne se fait pas attendre.

— Que faites-vous ici ! De quel droit venez-vous souiller ce lieu sacré ?

— Nous sommes là sur les ordres de Pharaon.

Aduj, rouge de colère, se retourne vers Mosolan.

— Pouvez-vous m'expliquer ce qu'il se passe ?

— Calme-toi Aduj, tu t'adresses à ton Pharaon.

— Oui…, enfin j'aimerais comprendre.

— Nous avons fait une étrange découverte très ennuyeuse qui pourrait incriminer un membre de Karnak.

— Quelle découverte ?

— Je ne peux rien te dire pour le moment.

— Je suis tout de même le Grand Prêtre, j'ai le droit de savoir.

— Je préfère que nous ayons plus d'éléments et je te tiendrai personnellement informé.

— Mais…

— ... en attendant, j'ai demandé à Abif de procéder à quelques fouilles, mais uniquement dans les appartements des résidents, ainsi aucun lieu sacré ne sera profané.

Le Grand Prêtre paraît acculé, il ne peut rien contre l'autorité de Pharaon.

— Faites comme bon vous semble, mais je suis certain que personne n'a commis d'actes répréhensibles.

— J'en suis persuadé, Aduj, et c'est pour quoi nous allons commencer par tes appartements afin que tu sois lavé de toute suspicion.

— Comment osez-vous soupçonner le Grand Prêtre ?

— Je ne crois pas que tu sois coupable, mais il m'apparaît important que tu donnes l'exemple en tant qu'autorité principale de Karnak.

— Douteriez-vous de mon attachement à Maât ?

— Le devrais-je ?

— Bien sûr que non !

— Très bien, et pour te prouver que je respecte ton rang, c'est mon propre garde qui s'occupera de la fouille de tes appartements.

Aduj regarde intensément Pharaon, le visage rouge de colère, puis se retourne vers Abif.

— Finissons-en !

Abif le suit vers sa demeure en ayant pris soin de répartir en trois groupes les recherches dans les maisons des autres prophètes de Karnak.

Les appartements d'Aduj sont les plus fastueux du domaine, les seuls à posséder deux niveaux ; le rez-de-chaussée comporte une salle de réception, une salle de séjour et une dernière pièce servant à l'approvisionnement ; à l'étage se trouvent la chambre d'Aduj et une salle de bain.

Abif se charge, avec trois hommes, d'explorer le bas et le reste des gardes s'occupe du haut.

La fouille suit son cours… Aduj ne décolère pas.

— Te rends-tu compte de l'humiliation de la situation Abif ?

— Bien au contraire ; Pharaon vous a expliqué qu'il voulait confirmer votre innocence.

— Je ne sais pas ce que tu cherches, mais tu ne trouveras rien contre moi.

— Alors pourquoi cet agacement ?

Tout en s'adressant à Aduj, Abif circule dans la pièce principale et s'arrête devant un coffre en bois précieux.

— Que contient cette magnifique malle ?

— Des… des affaires personnelles.

Il l'ouvre lentement, fouille et en sort un objet.

— Et que fait cette dague ici ?

— C'est un objet rituélique, ne le souille pas, repose-le immédiatement où tu l'as trouvé !

— Du calme Aduj, je ne fais que vous questionner.

Abif la repose dans le coffre en ayant pris soin de vérifier le reste du contenu… mais aucune trace de preuve contre le Grand Prêtre.

Un des gardes du deuxième groupe s'approche.

— Nous n'avons rien trouvé.

— J'exige des excuses !

— Mon cher Aduj, remerciez-nous plutôt de n'avoir rien trouvé.

— Et que cherchez-vous ?

— Des preuves…

Ces derniers mots claquent dans les oreilles d'Aduj, il comprend qu'il est le principal suspect. Ce maudit Abif aurait-il découvert ses activités illicites ?

— Je me plaindrais de ton attitude auprès de Pharaon !

— Faites, et en attendant passez une bonne journée.

Le Grand Prêtre ne décolère pas et referme violemment la porte derrière les gardes de Pharaon.

En sortant, Abif est interpellé par l'un de ses hommes.

— Les fouilles chez les autres prophètes n'ont rien donné.

Le garde personnel de Pharaon paraît soucieux, il était sûr de trouver des preuves chez l'une des principales autorités de Karnak… il reste un mince espoir de découvrir quelque chose… mais cela ne l'enchante guère.

— Répartissez-vous vers les maisons des prêtres Ouêb, et ne négligez aucune demeure !

Abif et ses hommes se dirigent maintenant vers les appartements de Baagon, le fils du Vizir Ay, et prêtre Ouêb depuis près de deux ans au service de Karnak. Il connaît très bien ce prochain suspect, il a, à plusieurs reprises, tenté de le faire entrer parmi les soldats de Pharaon ; son physique imposant ne faisant pas de doute sur ces capacités à devenir un excellent garde.

La demeure est beaucoup plus simple que celle du Grand Prêtre et ne possède qu'un niveau. Elle est généralement occupée par trois à quatre prêtres Ouêb, mais depuis quelques semaines il est seul à habiter les lieux ; les deux autres prêtres ayant été promus.

Baagon ouvre la porte.

— Bonjour Abif, que se passe-t-il ?
— Bonjour Baagon, je mène une enquête sur les ordres de Pharaon et je dois procéder à la fouille de chaque maison du Temple.
— Et que cherches-tu ?
— Je ne peux rien te dire pour le moment. Mais si tu n'as rien à te reprocher, tout se passera bien.
— Je n'en doute pas. Fais ce que tu as à faire.

Au bout de quelques minutes, l'un des gardes revient vers Abif avec deux tablettes d'argile à la main.

— Où as-tu trouvé ceci ?
— Sous son lit…
— … Non ! Ce n'est pas à moi, je n'ai jamais vu ces tablettes, il doit s'agir d'une méprise.
— Calme-toi, Baagon ! D'autant que les tablettes que nous venons de découvrir sont les originales que nous recherchions.

— Mais Abif, pour quelle raison aurais-je caché des tablettes sous mon lit ?

— C'est justement ce que tu vas nous expliquer. Gardes ! emparez-vous de lui !

Le colosse commence à se débattre et se précipite vers la porte d'entrée. Dans un geste réflexe, Abif plonge au niveau de ses jambes et le fait trébucher, les autres gardes en profitent pour l'immobiliser.

— Baagon, tu viens de signer ton crime !

— Mais quel crime ?

— Ces tablettes sont la preuve de ta complicité dans un trafic contre le royaume.

La fouille des autres demeures ne donnera rien de plus, Abif repart de Karnak satisfait d'avoir arrêté un coupable, mais déçu qu'il s'agisse d'un homme en qui il avait confiance… et non le Grand Prêtre Aduj.

Le retour vers Thèbes avec le suspect se déroule dans un profond silence.

Le soir même, Baagon a été transporté dans la caserne adjacente au Palais de Pharaon. Il est introduit dans une pièce sombre et pratiquement vide, seules quatre chaises et une petite table décorent les lieux. L'accusé fait face à Abif et est entouré de deux gardes.

— Je t'assure Abif, je ne sais pas ce que ces tablettes faisaient sous mon lit…

— … arrête de te moquer de moi, Baagon, je te faisais confiance !

— Je te jure que je n'y suis pour rien.

— Alors, pourquoi avoir tenté de fuir ?

— … je… je… ne sais pas.

Le colosse est abasourdi.

— Te rends-tu compte des accusations qui pèsent sur toi ?

— Je n'y comprends rien.

— Les tablettes retrouvées sont la preuve d'un immense trafic, tu ne peux pas avoir agi seul alors indique-moi qui sont tes acolytes ?

— Mais…

— … Connais-tu le marchand nubien Kirati ?

— Non… je ne comprends rien… que cherches-tu ?

— L'auteur de ces tablettes et ses complices !

— Mais comment me serais-je procuré ces tablettes ?

— Baagon, tu es le fils du Vizir, ce qui te permet d'avoir accès facilement aux archives.

— C'est de la folie.

— Je sais que tu n'as pas agi seul, un autre de tes comparses a tenté d'assassiner le jeune scribe Menothep.

— De quoi parles-tu ?

— Je parle du mécréant que j'ai essayé de poursuivre… mais tu as de la chance, il était loin d'avoir ton gabarit… alors, dis-moi de qui il s'agit !

— C'est de la folie…

— … Pourquoi vouloir t'enrichir ? Tu fais partie d'une famille aisée, tu es prêtre Ouêb, tu n'es pas sensé rechercher l'opulence… ou peut-être essaies-tu de couvrir quelqu'un de plus important… ton propre père, le Vizir Ay !

Baagon se lève d'un bond, regarde Abif dans les yeux durant quelques secondes, puis se rassoit.

— Je ne dirais plus un mot… mais sache que tu te trompes.

— Tu seras jugé pour tes actes, ton silence t'accuse. Enfermez-le !

Abif regarde le colosse entouré de deux gardes sortir de la pièce. Une immense sensation de trahison l'envahit. Pourquoi a-t-il commis ce vol ? Pour le compte de qui ? La découverte de la vérité s'annonce très compliquée.

Cependant, les recherches doivent se poursuivre et au même moment dans les archives du Royaume, le scribe Menothep explique à son ami les détails de ses trouvailles, de la statuette aux fausses tablettes.

— C'est incroyable ce que tu me racontes Menothep, mais pourquoi ne pas m'en avoir parlé l'autre jour ?

— Je ne voulais pas te mêler à cette histoire, tant que je n'étais pas sûr de moi.

— Mais pourquoi ? Je suis ton ami.

— Justement, je ne voulais pas te mettre en danger si mes soupçons s'avéraient exacts.

— Que veux-tu dire ? Me cacherais-tu autre chose ?

— … Je… je ne veux pas t'inquiéter.

— Ta blessure au bras, ce n'était pas un accident, c'est bien cela ?

— Oui… en réalité, j'ai été agressé par un inconnu en rentrant chez moi le soir même.

— Mais comment t'en es-tu sorti ?

— Sans le secours d'Abif, le garde personnel de Pharaon, je crois que j'aurai pu…

— … ne dis pas de bêtise Menothep. Et surtout, ne me cache plus rien.

— Je te le promets. Et c'est pour cela que je te demande de m'aider pour retrouver l'auteur de ces tablettes.

— Alors plus de temps à perdre, montre-les-moi.

Les deux hommes observent avec attention chacune des deux tablettes, ils les tournent dans tous les sens, en scrutant chaque détail, à l'affût du moindre indice.

— Apothem, regarde à quel point le trait de chacun des hiéroglyphes est délicatement dessiné.

— Cela m'a également interpellé et je suis sûr que nous arrivons à la même conclusion, l'outil utilisé ne peut être qu'une calabre très fine.

— Cela ne fait aucun doute, il s'agit d'un scribe ou de quelqu'un ayant l'habileté d'un scribe.

— Te rends-tu compte du nombre de suspects, et nous en faisons partie.

— Exactement, mais je ne vois pas comment Baagon, le fils d'Ay avec ses mains immenses, pourrait être capable d'utiliser ce type de calabre.

— Je pense que nous pouvons également retirer ce vieux Cabulatin de nos suspects, cela fait de nombreuses années qu'il ne peut plus écrire.

Menothep esquisse un léger sourire.

— Un peu de respect Apothem. Mais je dois aussi t'avouer que je ne le vois pas m'agresser.

Les deux scribes ne peuvent retenir un rire commun. Menothep est très heureux d'avoir comme amis un homme pour le protéger et un autre pour lui remonter le moral.

— Je crains que la liste des suspects ne soit encore très longue.

— Tu n'as pratiquement pas dormi ces derniers jours Menothep, je te propose de continuer seul nos investigations pour voir si je peux trouver autre chose.

— C'est gentil de t'inquiéter pour moi, mais je dois poursuivre.

— Au bout de quelques minutes d'examen, Menothep brise le silence.

— Apothem ! Regarde attentivement ! Regarde comment se termine systématiquement chacun des hiéroglyphes, toujours vers la gauche !

— Tu as raison, le faussaire est gaucher !

— Tu te rends compte de l'importance de cette découverte, cela réduit fortement le nombre de suspects ! Je vais prévenir immédiatement Abif !

Connaître les autres, c'est sagesse. Se connaître soi-même,
c'est sagesse supérieure.
Lao-Tseu

C H A P I T R E 8

Palais de Pharaon, cinq jours plus tard

Quelques jours se sont écoulés depuis qu'Ahmir est devenu Père Divin ; Abif poursuit son enquête sur l'agression du jeune Menothep et l'auteur des fausses tablettes.

— La piste du gaucher s'amenuise peu à peu, j'ai pratiquement interrogé l'ensemble de la liste que m'ont fournie nos deux jeunes scribes... pour le moment, je n'ai aucun suspect... à part Baagon. Je vous avoue que nous aurions besoin d'un signe des dieux pour m'aider dans mon investigation.

— Malheureusement Abif, mes cauchemars se poursuivent et je ne vois toujours rien de bon.

Un garde muni de sa lance vient d'entrer dans la salle du trône et se dirige vers Mosolan.

— Pharaon, le Père Divin Ahmir demande à être reçu.

— Fais-le entrer sans attendre.

Au bout de quelques minutes, Ahmir fait son apparition dans la grande salle d'Audience, accueilli chaleureusement par les deux hommes.

— Bienvenue, Père Divin.

— Heureux de vous voir, Père Divin, insiste Abif.

— Bonjour Pharaon, ravi de te voir, mon cher Abif. Puis-je vous solliciter la faveur de continuer à m'appeler Ahmir, comme le font tous mes amis ?

— Bien entendu Ahmir. Et que nous vaut la joie de ta visite ? lui demande Mosolan.

— Je souhaiterais plaider la cause de Baagon.

— Je t'écoute.

— Je ne crois pas à sa culpabilité ; c'est un homme honnête ; fidèle au royaume ; fidèle aux dieux ; son investissement est sans failles pour Karnak.

— Nous avons trouvé les tablettes chez lui Ahmir.

— Mais Abif, tu le connais… tu sais très bien au fond de toi qu'il est incapable d'une telle chose.

— Je suis d'accord, mais les preuves, Ahmir… les preuves sont contre lui.

— Tu as toi-même découvert qu'il ne peut être l'auteur des tablettes ni l'agresseur de Menothep… et quel lien avec le marchand nubien ?

— Tout ceci est vrai Ahmir, mais rien ne dit qu'il ne possède pas un complice coupable de ces deux méfaits ; les tablettes ont été retrouvées sous son lit. Et effectivement, je considère que le revendeur n'est qu'un opportuniste dans cette affaire.

— Pharaon, Abif, ne croyez-vous pas qu'il puisse s'agir d'un piège ? Pourquoi ne les a-t-il pas détruites, s'il est vraiment responsable ?

— Il est exact que certains points sont troublants et me posent beaucoup de questions.

— Pharaon, je me porte garant de Baagon, je vous demande la possibilité de le relâcher.

— Ce que tu me réclames là implique un grand engagement Ahmir, es-tu prêt à l'assumer ?

— Oui, sans aucune hésitation.

— En d'autres circonstances, je t'aurai exigé de faire cette requête au Vizir Ay, mais il s'agit de la libération de son propre fils. Qu'en penses-tu, Abif ?

— Je fais toute confiance à Ahmir.

— En ce cas, voici ma décision. Baagon sortira de prison lorsque sa zaa prendra son tour sur Karnak et sera sous la responsabilité du père divin, Ahmir, le reste du temps il retournera en détention, et ce jusqu'à ce qu'il soit définitivement reconnu innocent.

— Merci pour lui Pharaon.

— Ahmir, je dois te stipuler que notre loi est intransigeante sur la responsabilité que tu viens de prendre. Si Baagon s'enfuit… tu devras prendre sa place en réclusion.

— Je le sais et je l'assume.

— Abif va chercher Baagon, et précise-lui cet accord. Qu'il poursuive son devoir au Temple de Karnak !

Quelques jours plus tard, le nouveau Père Divin est devenu le phylarque[28] d'une zaa, d'une équipe de prêtres Ouêb, et afin de faciliter sa surveillance par Ahmir, Baagon a été affecté à cette zaa.

Les deux hommes s'approchent d'un groupe de nouvelles recrues en pleine discussion.

— Bonjour messieurs, veuillez vous présenter !

Le premier prend la parole d'un air décidé, sa silhouette et son double menton laissent à penser qu'il vient d'une famille aisée de Thèbes.

— Bonjour Père Divin, je m'appelle Toufert.

— Bonjour…

— … et je suis impatient de servir Karnak.

L'enthousiasme du jeune prêtre est rapidement stoppé par Ahmir.

— Ta tâche sera surtout de servir les dieux, mon cher Toufert.

---

[28] Chef de zaa (ou *phylé*) : groupe de prêtres Ouêb (*pur*).

— Euh, oui… bien entendu, père divin, je me suis mal exprimé.

— Je n'en doute pas.

S'adressant à la deuxième recrue, un grand jeune homme frêle au visage émacié, et semblant perdu dans ses pensées.

— As-tu une question à me poser ?

— Pardon, je… euh, non… excusez-moi, oui j'ai une question ?

— N'ai pas de crainte, personne ne te jugera.

— Merci, Père Divin.

— Nous t'écoutons.

— Je m'appelle Amarbi, et je souhaiterais savoir si nous allons être instruits de nouvelles connaissances.

— Lorsque nous sommes dans cette enceinte sacrée, nous apprenons tous de chacun, et tous les jours. Ce sera ton lot quotidien.

Le troisième s'approche.

— Je ressens déjà la puissance des dieux et j'ai hâte de progresser afin d'être admis aux Petits Mystères.

— Quel est ton nom ?

— Je me nomme Kerstin.

— Mon cher Kerstin, je suis heureux de voir que tu es déjà très investi et que tu ressens cette force… mais si tu traverses une ville sur un char, tu n'auras jamais la chance du marcheur qui pourra s'arrêter près du vieil homme et profiter de sa sagesse.

— Que voulez-vous dire ?

— Ne va pas trop vite, tu pourrais passer à côté de l'essentiel.

Ahmir fait un signe à son protégé afin qu'il s'avance.

— Je vous présente Baagon. Il sera votre guide pour cette journée et vous enseignera les premiers gestes pour le rituel de demain.

Baagon s'approche des trois jeunes hommes, chacun d'entre eux échange des regards tant le colosse les impressionne.

Le jeune fils de notable Toufert s'inquiète de le voir en liberté, car il a appris de son père qu'il avait été accusé d'un méfait.

— Vous avez vu la taille de ses mains ?

— Es-tu sûr qu'il s'agisse de lui ?

— J'en suis certain, il est le fils du Vizir Ay, c'est sûrement pour cela qu'il est en liberté.

Ahmir qui a entendu leur conversation intervient.

— Messieurs, dans l'enceinte de Karnak chacun doit se consacrer aux dieux, je vous demanderais donc d'éviter ce genre de remarque indigne de prêtres purs.

— Veuillez nous excuser père divin.

Baagon remercie par un sourire Ahmir et accompagne les trois jeunes hommes pour une visite du domaine d'Amon.

Trois sortes d'amis sont utiles, trois sortes d'amis sont
néfastes. Les utiles : un ami droit, un ami fidèle, un ami
cultivé. Les néfastes : un ami faux, un ami mou, un ami
bavard.
Confucius

CHAPITRE 9

Thèbes, maison du Vizir Ay

Cela fait maintenant quelques minutes qu'Abif attend dans le salon que le Vizir Ay termine de se préparer pour se présenter à lui. Il est accompagné de deux gardes qui patientent près de la porte d'entrée.

Le décor est assez simple ; il est difficile de se douter que nous sommes chez l'une des familles les plus aisées du royaume. Sa fortune, Ay la doit à son père, un grand marchand égyptien ; le fils a su également faire fructifier les biens familiaux. Le Pharaon Vaddi avait de l'admiration pour la réussite et surtout la gestion de cette fortune par le père et le fils, et c'est tout naturellement qu'Ay fut nommé Vizir quelques mois avant le décès du Pharaon. En lui succédant sur le trône, Mosolan lui a confirmé sa confiance, même s'il regrette le manque de chaleur humaine, voire le mépris du Vizir envers le peuple égyptien... mais son efficacité dans l'administration du trésor du royaume est exemplaire.

— Que me veux-tu, Abif ?

— Je dois vous interroger sur les détournements...

— … comment oses-tu ? ! Tu as enfermé mon propre fils et maintenant tu viens jusque chez moi pour me questionner, de quel droit ? !

— Je suis là au nom de notre Pharaon.

Cette remarque refroidit les ardeurs et la colère du Vizir d'autant que Mosolan en personne l'avait prévenu de cet interrogatoire.

— C'est tout de même humiliant, je suis le garant de la justice.

— Connaissiez-vous les agissements de Baagon ?

— Évidemment non. Mais es-tu certain de sa culpabilité ?

— Les faits sont contre lui.

— J'ai du mal à le croire.

— Je vous rappelle que sans l'intervention du père divin Ahmir, votre fils ne serait pas en liberté.

— Certes… mais tu vas t'empresser de le jeter en prison une fois de retour de Karnak.

— Je ne suis pas convaincu de la totale culpabilité de Baagon.

— Alors, pourquoi t'acharner sur lui ?

— Non, pas sur lui… sur celui qui l'a très certainement embarqué dans ce trafic.

— Je n'aurai jamais admis le moindre écart à l'équilibre de Maât.

— Par conséquent, pourquoi ne pas avoir pris en compte la remarque de Menothep ?

Le Vizir paraît surpris par la question.

— Que veux-tu dire ?

— Il est venu vous voir il y a quelques jours pour vous faire part d'une découverte importante, et vous l'avez chassé de votre bureau sans autre explication.

— Je ne vois pas le rapport, c'est un excellent scribe, mais… mais parfois un peu trop… zélé.

— Après vous avoir parlé, il est rentré chez lui et s'est fait agresser. Vous ne voyez toujours pas la relation ?

Ay est troublé et prend un long moment pour répondre.

— Je n'étais pas au courant… comment va-t-il ?

— Il a eu beaucoup de chance de ne pas perdre la vie !

— Cela va trop loin…

— Si vous savez quelque chose, vous devez me le dire !

— Tu as raison, tu as raison, Abif… je te dois la vérité.

— Je vous écoute.

— Cela fait plusieurs mois que je soupçonne un trafic avec Karnak… mais mes recherches n'ont rien donné de tangible. Malheureusement…

— Oui, je vous écoute.

— Malheureusement, j'en revenais systématiquement à la même conclusion que toi… mon fils était complice de ce trafic.

— Pourquoi ne pas en avoir parlé ?

— Tu n'as pas d'enfants Abif, tu ne peux pas comprendre.

— Peut-être, mais alors pourquoi avoir rejeté Menothep ?

— Je craignais qu'il s'agisse de la preuve qui accuserait définitivement Baagon.

— Nous savons qu'il n'est pas l'auteur des fausses tablettes et qu'il possède au moins un complice… vous avez tout à fait le profil et la compétence pour falsifier les écrits.

— Comment oses-tu !

— Avez-vous agressé Menothep ? Où étiez-vous ce soir-là ?

— … Cesse ces accusations !

— Alors, répondez-moi ! Qu'avez-vous fait après avoir sorti Menothep de votre bureau ?

— J'ai poursuivi mon travail jusque tard dans la nuit…

Abif observe avec insistance une amulette représentant un scarabée de jade posé sur un coffre en acacia… puis s'en saisit.

— Où avez-vous eu cette amulette ?

— Repose-la, il s'agit d'un cadeau de Pharaon !

— Vous qui semblez tenir à l'équilibre de Maât, je vous propose d'être jugé par la déesse, elle va nous révéler la Vérité !

Il la lui lance lentement… le Vizir la rattrape pour ne pas la faire tomber.

— Que fais-tu ? !

— Ne craignez rien, Ay, Maât vient de prouver que vous n'êtes pas le faussaire… vous êtes droitier.

— Comment ?

— Nous savons que le complice de Baagon est gaucher.

— Tu me croyais réellement coupable ?

— Plus en tant que faussaire, mais vous restez toujours un suspect potentiel… comme commanditaire.

— J'ai assez entendu d'accusation stupide pour aujourd'hui, je vais te demander de partir.

— J'en ai presque terminé. Pourriez-vous me dire si vous connaissez un marchand nubien du nom de Kirati ?

— Je n'en ai jamais entendu parler.

— J'en ai maintenant fini, mais je pense que nous sommes amenés à nous revoir bientôt.

Abif quitte les appartements du Vizir Ay afin de rejoindre Menothep et son ami pour faire un point sur leurs recherches.

Située dans les hauteurs de Thèbes, la demeure de Menothep ressemble à la plupart des maisons du quartier ; un seul étage, un espace à vivre et une chambre ; au milieu de la pièce principale trônent une petite table en acacia et quatre chaises ; quelques amulettes sur un coffre de bois viennent orner le lieu, ou plus précisément protéger la demeure du jeune scribe.

— Crois-tu qu'Abif va réussir à remonter la piste du trafic ?

— J'en suis persuadé. Il ne lâche jamais rien.

— Tu lui voues une grande confiance.

— Oui, il a toujours été là pour moi.

— Tu ne m'as jamais expliqué comment est née votre amitié.

— Lorsque j'étais adolescent, lui et mon père se sont rencontrés au palais de Pharaon. Abif était déjà le garde personnel de Mosolan et mon père le chef de la garde. Ils sont devenus très amis et à la mort de mon père il a promis à ma mère de veiller sur moi.

— Bien lui en a pris l'autre nuit !

— Sans lui, je serais très certainement décédé.

— Je suis rassuré de voir que je ne suis pas ton seul ami. Et je suis également très confiant dans la capacité d'Abif à retrouver les coupables.

— Justement, je l'entends arriver.

Abif fait son entrée dans les appartements de Menothep en saluant les deux hommes.

— Je vous écoute messieurs, avez-vous du nouveau ?

Après avoir pris soin de servir un verre de lait de chèvre à ses invités, Menothep commence son compte-rendu.

— Pour débuter, il s'agit bien d'un gaucher.

— Nous avons analysé très minutieusement les tablettes et il n'y a aucun doute, assure Apothem.

— Et avez-vous découvert d'autres tablettes ou papyrus suspects ?

— Oui, nous en avons trouvé une dizaine… mais nous poursuivons nos recherches.

— Je crains que le trafic soit beaucoup plus important que nous l'imaginions, Abif.

— Malheureusement, tel était bien mon angoisse, et je suis de moins en moins convaincu qu'il s'agisse d'un enrichissement personnel.

— Nous savons également que le faussaire utilisait une calabre très fine, ce qui oriente les recherches vers un scribe ou quelqu'un de très habile dans l'écriture, poursuit Apothem.

— Et un gaucher expert en écriture pouvant accéder aux archives de Thèbes et Karnak, vous en connaissez beaucoup ?

— Cela représente une cinquantaine de personnes.

— Et tu en as déjà deux, devant toi, rétorque Apothem.

— Cela me fait donc déjà deux suspects en moins.

— C'est vrai pour Menothep, mais je n'ai malheureusement pas d'alibis pour son agression…

— … ne dis pas n'importe quoi, tu ne m'aurais jamais fait cela…

— … Menothep, je plaisante.

— Ton ami aurait eu bien du mal à me semer avec sa canne.

Les trois hommes se mettent à rire en terminant leur verre de lait de chèvre.

— Pourriez-vous me fournir la liste complète des personnes qui correspondent au profil ?

— Nous nous mettons au travail de suite, je t'apporterai cette liste demain matin.

— Merci, messieurs, je sens que Maât ne va pas tarder à régner de nouveau.

La mort, c'est l'élargissement dans l'infini.
Victor Hugo

CHAPITRE 10

An 28 de Mosolan, mois de Tybi[29], Thèbes

Voici près de deux ans qu'Ahmir a rejoint à temps plein la communauté des prêtres du temple de Karnak. Sa journée est toujours rythmée par les rituels d'offrandes aux dieux ; ce qui ne l'empêche pas de rencontrer Abif régulièrement pour faire le point sur les agissements d'Aduj. Mais pour le moment toutes les pistes ont été vaines, aucun indice n'est venu étayer la thèse d'un enrichissement illégal… le Grand Prêtre paraît agir avec beaucoup de vigilance, ou peut-être font-ils fausse route ; il n'y a rien à découvrir et Aduj n'est simplement qu'un être odieux. Même la liste des suspects fournie par Menothep et Apothem n'a rien donné. Au moins, ces rendez-vous réguliers auront permis aux deux hommes de conforter leur profonde amitié.

Dans le même temps et malgré ses nouvelles fonctions, Ahmir continue à prodiguer une fois par semaine ses conseils botaniques au

---

[29] Cinquième mois du calendrier nilotique, premier mois de la saison de Peret, correspond à novembre-décembre.

palais de Pharaon ce qui lui donne l'occasion d'avoir de longues discussions spirituelles avec Mosolan dans les allées du jardin.

L'allure d'Ahmir a beaucoup changé depuis qu'il a quitté son poste de jardinier du palais. Sa barbe blanche a laissé place à un visage glabre comme l'impose son statut de prêtre ; il doit être rasé de près en permanence, se laver deux fois par jour et une fois chaque nuit. Sa vêture est spartiate, un simple pagne blanc ; il lui est dorénavant interdit de porter des vêtements en cuir ou en laine.

Il s'approche de Cabulatin... le moment est venu pour lui de franchir une étape complémentaire dans sa trajectoire de prêtre.

— Suis-moi avec confiance, mon frère.

Il fait nuit et c'est muni d'une simple torche qu'ils reprennent ensemble le même chemin parcouru un an auparavant lorsque Ahmir avait été admis aux Petits Mystères, à la différence qu'au bas des escaliers une porte dérobée sur la droite mène directement à la salle de la cérémonie.

La pièce est à peine éclairée, Ahmir est positionné entre les deux colonnes face à l'Hiérophante, dont le rôle est de nouveau tenu par Pharaon en personne. Les murs sont tendus de draps noirs illustrés par des symboles de mort, devant lui se trouve un cercueil recouvert d'un drap funéraire.

Pharaon s'approche d'Ahmir et lui remet une branche de l'arbre Erica[30], consacré à Osiris[31].

Aussitôt, Cabulatin et Habeyon se mettent de chaque côté du récipiendaire et lui font faire quelques pas.

— Mon frère tu vas revivre le drame d'Osiris, prend place dans ce cercueil qui va te plonger dans un sommeil magique, libérant de la sorte ton moi conscient.

Ainsi fait, le drap mortuaire est reposé sur lui, ne laissant apparaître que son visage.

---

[30] Bruyère
[31] Dieu du panthéon égyptien et roi mythique de l'Égypte antique.

De nouveau, l'hiérophante prend la parole.

— Ainsi périt Osiris, victime de la jalousie de Seth[32]. Enfermé dans son sarcophage funéraire, le corps d'Osiris flotta de longs mois sur le Nil et disparut à jamais. Mais Isis n'eut de cesse de le retrouver, sa quête la mena à Byblos où le sarcophage était enfermé dans le tronc d'un acacia.

Mosolan marque une longue pause…

— La joie de trouver la dépouille de son défunt époux ne fut que de courte durée pour Isis. Seth entra dans une grande colère et déroba le corps d'Osiris, le découpa en quatorze morceaux et le dispersa sur tout le royaume.

Cabulatin et Habeyon s'affublent au même moment d'un masque de faucon, représentant Isis[33] et Nephtys[34].

— Isis et Nephtys entreprirent de retrouver les quatorze morceaux du corps d'Osiris. Leur quête fut très longue, elles débutèrent à Abydos où la tête se trouvait… Isis fit construire un tombeau à l'endroit de la découverte.

La cérémonie se poursuit sur le même rythme avec l'identification du cou à Héliopolis, la cuisse gauche à Bigeh, et le reste des morceaux sur différent site de l'Égypte. Pourtant… un morceau ne fut pas retrouvé.

— La quête ne put arriver à son terme, Seth ayant jeté le phallus d'Osiris dans les eaux du Nil… les oxyrhynques[35] le dévorèrent…

— Les déesses momifièrent les divers morceaux afin de reconstituer le corps d'Osiris. Isis modela un phallus qui lui permit d'avoir un fils, Horus, de son défunt époux.

L'hiérophante marque de nouveau une longue pause.

---

[32] Dieu du panthéon égyptien et frère d'Osiris, Isis et Nephtys.

[33] Déesse du panthéon égyptien, épouse et sœur d'Osiris, Nephtys et Seth.

[34] Déesse du panthéon égyptien, sœur d'Osiris, Seth et Isis.

[35] Poissons d'eau douce d'Afrique tropicale et du bassin du Nil.

— Isis, l'Efficace, la protectrice de son frère, le cherchant sans lassitude, parcourant ce pays en deuil, ne se reposant pas qu'elle ne l'ait trouvé, faisant de l'ombre avec son plumage, produisant de l'air avec ses deux ailes, faisant des gestes de joie, elle fait aborder son frère, relevant ce qui était affaissé.

Plongé dans une profonde méditation, Ahmir ne ressent pas le temps qui s'écoule… pourtant cela va faire quatre heures[36] que la cérémonie a débuté, lorsque tous les protagonistes reprennent leur place initiale.

Cabulatin et Habeyon s'approchent du cercueil afin d'y recueillir Ahmir.

— Mouréhimite[37] ! Tu as fait ton temps ! Ton âme a évolué.

La voix qui retentit est celle de l'hiérophante.

— Mes frères ! Faites lui faire son voyage final vers la Lumière !

Les deux hommes aident Ahmir à sortir de son tombeau, ils le tiennent chacun par une main, et progressivement l'amène vers l'autel de l'hiérophante. Au fur et à mesure qu'il s'approche, il aperçoit un trait de lumière qui éclaire la première marche menant à l'autel.

— Mouréhimite ! Fais un pas en avant… et réveille-toi !

Ahmir s'exécute et ressent instantanément la chaleur du rayon du Soleil qui vient illuminer son visage. Une grande sérénité l'emplit, le jour se lève symbolisant la victoire de la Lumière sur les ténèbres.

— Mes frères, réjouissons-nous, le Mouréhimite est né de nouveau !

Un silence s'installe… Mosolan poursuit la cérémonie.

— Interprète Sacré, je vous laisse la parole.

Habeyon s'approche d'Ahmir afin de lui donner l'instruction de ce degré.

— C'est à Osiris que tu dois ce que tu as appris lors des deux premiers degrés des Petits Mystères. Mais aujourd'hui, Osiris vient de mourir, la parole sacrée disparaît donc avec lui. Son épouse Isis garante de sa mémoire grava cette parole dans la plus

---

[36] Le temps fixé pour le sommeil peut varier de quelques heures à trois jours.

[37] Nom donné à l'initié lors du degré intermédiaire.

pure des pierres, malheureusement, Seth, meurtrier d'Isis, l'effaça aussitôt. La Parole était perdue à tout jamais.

Habeyon marque une pause, afin qu'Ahmir médite sur cette dernière phrase...

— Nous ne pouvons pas nous résoudre à cette fatalité. C'est pourquoi, telle Isis qui voyagea pour récupérer les restes de son époux, nous t'avons fait circuler de la mort d'Osiris à sa résurrection à la Lumière. Mais cette parole est toujours perdue, tu vas devoir la retrouver enfouie en toi... mais n'oublie pas que Seth peut intervenir à tout moment.

Mosolan reprend la parole.

— Tu connais maintenant les raisons de notre inquiétude, nous comptons sur toi pour réussir dans ta quête. Sache que nous possédons un mot sacré que nous n'avons pas le droit ni de dire ni d'écrire, mais entre initiés nous pouvons le substituer par *La chair quitte les os*[38].

À cette dernière parole, le silence s'installe durant quelques minutes et chacun sort du Temple rituellement.

---

[38] Le mot sacré est *Osiris*, mais il en existe un autre à ce degré *Beauté*, fruit de la force et de la sagesse.

Le vrai courage c'est la prudence.
Euripide

CHAPITRE 11

An 29 de Mosolan, mois de Payni[39], Karnak

Ce matin ressemble à tous les autres, Ahmir est l'un des premiers résidents à se lever... le Soleil démarre tout juste son ascension. L'Égypte vit une période de sécheresse importante, les matinées sont donc plus propices aux activités physiques, c'est le moment qu'a choisi Ahmir pour se rendre au Lac Sacré afin de faire sa première toilette de la journée et laver son linge personnel.

Il se rend au bord du lac les bras emplis et sa besace sur l'épaule, arrivé à destination, il dépose délicatement son chargement et se penche lentement vers l'étendue d'eau. Le reflet des quelques nuages qui ornent le ciel forme des petites îles imaginaires, chaque matin, il s'y voit avec son épouse et son fils pêchant la perche et le brochet.

Ahmir sort de sa besace son rasoir et commence sa toilette matinale. Après s'être plongé tout entier dans le lac, il démarre son rasage en prenant bien soin de ne pas se couper, la lame ayant été aiguisée le

---

[39] Dixième mois du calendrier nilotique, deuxième mois de la saison Chémou, correspond à avril-mai.

matin même. S'en suit le nettoyage du linge où il alterne avec dextérité le maniement d'une pierre de lavage et d'un battoir à main.

Au même moment, le Grand Prêtre Aduj profite de l'heure matinale pour convoquer son complice afin de lui faire part de nouvelles modalités sur leur trafic.

— De quoi souhaitais-tu m'entretenir ?

— Comme tu le sais, nous prenons beaucoup de risques en faisant voyager nos navires de marchandise durant la nuit, ils n'arrivent souvent à destination qu'au petit matin… nous avons échappé à de nombreux contrôles de justesse.

— C'est exact, mais que proposes-tu ?

— Faire le chargement un peu plus tôt… avant le coucher du soleil.

— Mais tu n'y penses pas !

— … Calme-toi, quelqu'un pourrait nous entendre.

— Mais imagine si un des prêtres surprenait nos hommes pendant le chargement… et ce maudit Abif, qui surveille en permanence Karnak.

— J'y ai déjà réfléchi ; il n'a pas autorité à enquêter sur le domaine ni sur nos embarcations.

— Et que fais-tu d'Ahmir, il a toujours ses entrées au Palais… je le soupçonne même d'être à la solde d'Abif.

— Je le sais également, et j'en fais mon affaire.

— N'oublie pas qu'Ahmir est bien plus malin que la plupart des prêtres de Karnak, nous allons devoir être très prudents.

— Va préparer la marchandise pour ce soir ; cinquante sacs de blé et trois caisses d'amulettes… je me charge du reste.

— Je suis d'accord pour ce soir, mais je trouve cela très dangereux.

Moins d'une heure plus tard, alors qu'il revient vers ses quartiers, Ahmir est interpellé par Baagon.

— Ahmir !

— Oui Baagon.

— Le Grand Prêtre souhaite te voir tout de suite.

— T'a-t-il dit pour quelle raison ?

— Non, mais je te suggère de ne pas tarder, tu connais son mauvais caractère.

Toujours muni de sa besace, Ahmir se dirige directement vers les appartements d'Aduj. Il prendre garde à ces convocations inopinées, il a encore en tête les conseils de prudence et de méfiance de son ami Abif… Aduj n'a jamais réellement accepté son arrivée sur Karnak.

Le Grand Prêtre aurait-il trouvé un nouveau stratagème pour le bannir du Temple ?

— Vous cherchiez à me voir…

— … Oui Ahmir, j'ai une mission à te confier.

— Je vous écoute.

— Je me suis laissé entendre que l'état du magasin d'offrande Psammétique[40] n'était pas digne de Karnak.

— Je suis surpris, Grand Prêtre, j'y suis passé ce matin et…

— … Oserais-tu me contredire ? Hurle Aduj en poursuivant aussitôt d'une voix plus douce.

— Tu n'es pas sans savoir que nous devons ce bâtiment au propre grand-père de notre cher Pharaon ; c'est pourquoi il me paraît important que ce soit quelqu'un de confiance qui s'occupe personnellement du rangement de ce magasin.

— Bien sûr, je le ferai demain à l'aube avec quelques prêtres de ma zaa.

— Non, cela doit être fait au plus tôt… disons juste après le dernier rituel du jour. Nous avons une visite de hauts dignitaires demain matin et je tiens à ce que tout soit parfait avant leur arrivée.

— Cela sera fait suivant vos ordres, je m'en occuperai personnellement en fin de journée.

— Je t'en remercie au nom de Karnak.

---

[40] 1er pharaon de la XXVIe dynastie ayant régné de -664 à -610.

La journée se poursuit comme toutes les autres, et le soir venu Ahmir vient quérir Baagon, Kerstin, Amarbi et Toufert afin d'effectuer la tâche demandée par Aduj. Les quatre prêtres purs sont en pleine discussion...

— C'est tout de même étrange de devoir nettoyer la salle d'offrande à ce moment de la journée.
— Je suis d'accord avec toi, Kerstin, nous aurions pu le faire demain matin.
— Vous savez très bien qu'il fallait que ce soit fait avant demain, rétorque Baagon.
— Messieurs, êtes-vous prêts ?

Ahmir vient de faire son apparition.

— Oui, père divin !
— Alors, allons-y.

En s'approchant de la porte principale, un des prêtres interroge Ahmir.

— Père divin, pourquoi devoir nettoyer, alors que tout semble bien en ordre ?
— La perfection dans les détails conduit à la perfection même de la vie, mon cher Kerstin.

Ils entrent dans un grand local dans lequel se trouvent de chaque côté des niches emplies de diverses offrandes. À première vue, cela ne méritait effectivement pas un important nettoyage. Ahmir décide donc d'arpenter la salle afin d'effectuer cette étrange tâche avec l'aide des jeunes prêtres.

— D'où vient ce bruit ?
— J'ai l'impression que cela vient de l'extérieur.
— Cela ressemble à des cris d'oiseaux.
— Silence ! Poursuivez votre tâche, je vais voir ce qu'il en retourne.

Après ces quelques mots, les quatre hommes reprennent le nettoyage et Ahmir se dirige vers l'extérieur.

Devant la porte, il découvre le couple d'ibis qui cessent instantanément leurs cris. Les deux volatiles repartent alors en marchant... puis au bout de quelques mètres s'arrêtent et se retournent vers Ahmir. Il saisit qu'il doit les suivre, sans réellement comprendre ce qui se passe.

Les deux oiseaux prennent leur envol et stoppent à plusieurs étapes afin qu'Ahmir puisse les rejoindre. Ce périple les amène vers le débarcadère, par la porte-Ouest du domaine d'Amon.

En arrivant à proximité de la porte, il commence à entendre des bruits et des voix d'hommes ; il décide de s'approcher discrètement. Il n'est pas normal d'avoir de l'activité dans le débarcadère à cette heure tardive. Il fait de nouveau quelques pas en prenant soin de n'être vu de personne, aussitôt le couple d'ibis s'envole vers l'Est et le Lac Sacré.

Au bout de quelques secondes, les yeux d'Ahmir se sont habitués à l'obscurité et il parvient à observer un bateau amarré, il le reconnaît rapidement, il s'agit de celui de Nemeth, le marchand qui venait régulièrement proposer ses tissus rares lorsqu'il travaillait au palais. Que vient-il faire ici... surtout au début de la nuit ? se demande-t-il.

Cela fait maintenant plusieurs minutes qu'il observe les allées et venues d'une demi-douzaine d'esclaves qui chargent plusieurs sacs de blé et des caisses en bois sur le bateau. Il en est certain, il s'agit de denrées directement extraites des réserves de Karnak, mais que peuvent contenir ces caisses ?

— Ce sera tout pour aujourd'hui Nemeth. Sois prudent.

Un individu tapi dans l'obscurité vient de donner ses dernières instructions au marchand. Il est trop loin pour voir de qui il s'agit, pourtant cette voix lui semble familière, mais il ne parvient pas à la reconnaître formellement. Rapidement, les hommes embarquent et l'inconnu s'en retourne vers le Temple.

Ahmir reste encore un instant à sa cachette pour éviter d'être aperçu. Plusieurs sentiments se mêlent en lui : la crainte d'être découvert, la joie d'avoir probablement été témoin du fameux trafic sur lequel Abif enquête depuis si longtemps, mais également le doute… la voix qu'il a entendue n'est pas celle du Grand Prêtre… se seraient-ils tous trompés ?

Ces informations vont être très utiles à Abif qu'il doit rencontrer le lendemain matin. Même s'il n'a pu reconnaître tous les protagonistes, il sait que son ami est un homme qui ne renonce jamais et il saura faire de ces quelques observations, le début d'une piste vers la vérité. C'est par ces dernières pensées positives qu'il s'en retourne à la salle des offrandes.

La justice de l'intelligence est la sagesse. Le sage n'est pas
celui qui sait beaucoup de choses, mais celui qui voit leur juste
mesure.

Platon

CHAPITRE 12

Le lendemain à Thèbes

Les rues étroites de la cité commencent à s'emplir de vie, les marchands attendent assis devant leur échoppe les premiers échanges de la journée ; une étoffe contre un sac de blé, du pain contre une amulette. C'est dans cette ambiance matinale qu'Ahmir se hâte pour rejoindre son point de rendez-vous. Comme toutes les semaines à la même heure, il rencontre Abif, et cette entrevue revêt un aspect particulier ; enfin depuis près de deux ans qu'ils attendent, une piste s'est ouverte sur les agissements frauduleux à Karnak.

— Bonjour mon cher Ahmir. Une voix vient de se faire entendre juste derrière lui.

— Abif ! Comment vas-tu, je suis très heureux de te voir !

— Que me vaut cet enthousiasme, aurais-tu découvert quelque chose sur notre cher Aduj ?

— Précisément !

La réponse d'Ahmir fuse dans les oreilles d'Abif comme une douce musique qu'il désespérait d'entendre un jour.

— Je…, je t'écoute, dis-moi ce que tu as trouvé. Son regard s'emplit d'impatience.

— Hier juste avant le coucher du soleil, j'ai surpris des hommes près du débarcadère du domaine d'Amon.

— Et que faisaient-ils ? As-tu reconnu quelqu'un ? Combien étaient-ils ?

Les questions s'enchaînent sans qu'Ahmir n'ait le temps d'y répondre.

— Il y avait là le marchand qui approvisionne le palais de ses étoffes rares.

— Nemeth ?

— Oui, et plusieurs esclaves l'aidaient à charger de nombreux sacs de blé et des coffres de bois provenant des réserves…

— … Mais Aduj était-il présent aussi ?

— Non, mais Nemeth a parlé à un moment avec un homme que je ne pouvais voir et dont je n'ai pu reconnaître formellement la voix… j'étais trop éloigné.

— Penses-tu qu'il puisse s'agir d'Aduj ?

— Je ne le pense pas, la voix me paraissait familière, mais ne ressemblait pas à la sienne.

— Un complice du Grand Prêtre ?

— C'est fort probable… ou Aduj est innocent.

— Cela m'étonnerait. Il est tout à fait logique qu'il possède un comparse.

— Je suis de ton avis, d'autant qu'Aduj a eu un comportement étrange le jour même.

— Que veux-tu dire ?

— Il m'a demandé de nettoyer le magasin d'offrande Psammétique…

— … Ce n'est pas vraiment étrange. Coupe Abif.

— Certes, mais il a insisté pour que je le fasse juste avant la tombée de la nuit, exactement au moment du chargement frauduleux.

— C'est effectivement très intéressant. Mais comment t'es-tu retrouvé malgré tout à observer la scène ?

— À vrai dire, c'est assez incompréhensible.

— Je t'écoute.

Ahmir relate comment le couple d'ibis l'a amené jusqu'au débarcadère.

— Je ne suis pas étonné, Ahmir, c'est un signe des dieux… Pharaon a toujours indiqué que tu étais sous leur protection.

— Je ne crois pas mériter tant d'égard.

— Au contraire Ahmir, et grâce aux divinités, nous pouvons enfin envisager une issue à cette enquête. Je lance immédiatement quelques-uns de mes indicateurs afin qu'ils me retrouvent rapidement ce Nemeth… je l'interrogerai personnellement.

Les deux hommes poursuivent leur conversation en marchant vers la sortie de Thèbes. Ce jour ils l'attendaient depuis longtemps, ils ne peuvent donc cacher leur joie…

— Va-t'en d'ici, charogne !

Une altercation vient de commencer entre un mendiant et un vendeur non loin d'eux. L'individu rosse de coups le vieillard qui réclamait de la nourriture près de son échoppe.

— Comment oses-tu t'en prendre à ce pauvre homme ? intervient Ahmir. Dans le même temps, Abif saisit l'agresseur.

— Il fait fuir mes clients qui eux ont les moyens de troquer mes fruits.

— N'accorde pas une attention exagérée à celui qui possède de beaux vêtements et ne méprise pas celui qui est couvert de haillons. N'accepte pas les dons de l'homme puissant et ne persécute pas le faible à ton profit : La justice est un don divin.

La phrase que vient de prononcer Ahmir laisse le commerçant sans voix et Abif semble boire les paroles de son ami.

— Écoute ce qu'il vient de te dire et laisse ce pauvre homme tranquille ou je te fais emprisonner.

Les deux hommes s'éloignent lentement tout en s'assurant que le conflit soit bien terminé.

— Explique-moi, Ahmir, pourquoi tu n'es que simple père divin, empli de sagesse et de justice alors qu'Aduj est un escroc… et Grand Prêtre ?

— Ne jugeons pas trop vite Abif, peut-être faisons-nous fausse route.

— Rassure-toi, nous le saurons très rapidement.

Ahmir poursuit son chemin vers Karnak et Abif s'en retourne vers le palais.

Les propos de son ami raisonnent encore dans son esprit, Abif en est maintenant persuadé, son enquête va enfin aboutir. Afin de s'assurer de son succès, et ne laisser aucun répit aux suspects, il décide d'aller voir le plus fidèle de ses espions.

Il se dirige vers le centre de Thèbes vers les maisons de bière[41] où ses contacts ont pris leurs habitudes.

Devant l'entrée de l'une d'entre elles, il s'adresse à un jeune enfant.

— Va me chercher le Sphinx !

Le garçon ressort au bout de quelques minutes avec un homme dont le visage ressemble beaucoup au Grand Sphinx du Plateau de Gizeh.

— Vous m'avez fait demander ?

— Oui, j'ai une mission de la plus haute importance pour toi.

— Je vous écoute.

— Il s'agit du marchand Nemeth, le connais-tu ?

— Oui, je vois très bien de qui il s'agit.

— Je souhaite que tu me retrouves rapidement sa trace, et dès que tu l'auras repéré de m'indiquer aussitôt sa position.

— Ce sera fait.

---

[41] Les maisons de bière sont dans l'Antiquité, les cabarets et les maisons closes des grandes villes égyptiennes.

— Une chose importante, je suis le seul qui doit être tenu au courant de tes agissements… il en va de l'avenir du royaume.

Malheureusement, leur conversation n'a pas été aussi discrète qu'escomptée, et le soir même à Thèbes, un vieil homme s'adresse à un complice.
— Je t'assure que c'est bien ce que j'ai entendu.
La salle est sombre et de nombreux individus sont attablés, un verre à la main et un œil sur les jeunes et jolies serveuses. La maison de bière est située dans un des quartiers les plus dangereux de Thèbes, des mercenaires y croisent des marchands de passages et parfois des notables en mal des plaisirs de la chair. Comme à son habitude, c'est ici qu'Akon vient glaner les informations lui permettant de faire fructifier ses affaires, n'hésitant pas à recourir au chantage si nécessaire.
— Tu es certain de ce que tu avances ?
— J'ai moi-même surpris une conversation entre Abif et le Sphinx ; il recherche Nemeth.
— Magnifique ! Je pense que nous allons avoir bientôt un nouveau marché.
— Avec qui ?
— Avec Karnak, réfléchis un peu le vieux !
— Ah oui ! Nous allons pouvoir proposer nos services à…
— … Tais-toi imbécile ! Les murs ont des oreilles.
— Comment comptes-tu procéder ?
— Il va falloir jouer finement et notamment faire en sorte que Nemeth ne soit pas arrêté par Abif… sinon notre nouvelle activité ne pourra voir le jour.
— Quel est ton plan ?
— Tu vas remettre ce message à qui tu sais sur Karnak et nous verrons s'il mord à l'hameçon demain matin.

Moins d'une heure plus tard, l'homme de main d'Akon s'est introduit dans le Temple de Karnak et a discrètement déposé la missive sous la porte du complice d'Aduj.

Après avoir entendu des bruits de pas à l'extérieur, l'individu se dirige vers l'entrée de sa maison et aperçoit au sol un morceau de papyrus. Il lit le message inscrit… aussitôt, son visage devient pâle, des gouttes de sueur commencent à perler sur ses joues. Il décide d'aller prévenir Aduj du problème qu'il vient de découvrir.

— Aduj… ouvre… c'est urgent. Murmure-t-il en frappant à la porte.

— Que se passe-t-il de si important que tu viennes me réveiller en plein sommeil ?

— Regarde ce que j'ai trouvé sous ma porte à l'instant.

Tout en lisant le message, le Grand Prêtre sent monter une colère intense.

— As-tu pu voir celui qui a déposé ceci ?

— Non, mais le meilleur moyen de le savoir serait que j'aille à ce rendez-vous demain matin.

— Je crois que nous n'avons pas trop le choix, mais s'il s'agit d'un mauvais plaisantin, n'hésite pas à l'éliminer.

Aduj lui tend la dague découverte quelques mois auparavant par Abif.

— Prend ceci, elle pourrait t'être utile. Mais surtout soit discret.

Le courage éloigne souvent le péril, et la lâcheté l'attire.
Joseph Michel Antoine Servan

CHAPITRE 13

Le lendemain matin, dans une ruelle sombre de Thèbes, le complice d'Aduj qui a pris soin de se couvrir le visage afin de n'être reconnu de personne, se faufile discrètement un rouleau de papyrus à la main ; l'inconnu qui lui a donné rendez-vous concernant Nemeth lui ayant proposé ce moyen de reconnaissance.

— Cherchez-vous des renseignements sur Nemeth ? L'inconnu vient de surgir derrière lui pour le surprendre.

— J'espère pour toi que tu ne m'as pas fait déplacer pour rien.

— Oh là, tout doux… ce que j'ai à vous proposer vous ne pourrez pas le refuser.

— Proposer ? Je pensais que tu souhaitais me parler de Nemeth.

— Exactement, mais je dois d'abord vous dire que je suis le principal concurrent de ce vaurien.

— Et en quoi cela va-t-il m'intéresser ?

— Je suis tout à fait capable de le remplacer du jour au lendemain.

— Il est vrai qu'il nous livre parfois quelques babioles, mais je ne pense pas que cela soit très lucratif.

— Ne faites pas l'innocent avec moi, je parle plutôt de son activité illégale avec Karnak.

— Qu'oses-tu dire là mécréant ! Il commence à se saisir de la dague prévue en cas de danger et se prépare à bondir sur le marchand.
— Calmez-vous… je suis là pour vous donner une information de la plus haute importance.
— Je t'écoute, mais je te conseille que cela en vaille le coup… ta vie en dépend.
— Eh bien, figurez-vous que cette crapule de Nemeth est recherchée par le garde personnel de Pharaon ; il semblerait qu'il le soupçonne de trafic de marchandise.
— D'où tiens-tu cette information ?
— J'ai mes oreilles un peu partout à Thèbes.
— Et pourquoi me donner cet élément ?
— Je vous l'ai dit, je suis le principal concurrent de Nemeth, donc une fois que vous aurez réglé ce léger problème, je serais dans la capacité de le remplacer immédiatement… et mon réseau me permet d'éviter ce genre de souci.
— Tu as visiblement pensé à tout, mais pourquoi te ferais-je confiance ?
— Je ne vous en demande pas tant, mais allez vous prendre le risque de laisser Nemeth se faire attraper ?
— Très bien, je te tiens au courant.
— Je vous enverrai un de mes hommes demain matin afin de conclure à un accord.
— Nous verrons cela.

De retour sur Karnak, le complice rejoint Aduj dans ses appartements.
— J'ai une nouvelle très ennuyeuse concernant Nemeth.
— Je t'écoute. Le ton du Grand Prêtre est anxieux.
— Abif vient de lancer une recherche sur lui.
— Crois-tu qu'il risque de remonter jusqu'à nous ?
— J'en suis persuadé, nous ne pouvons pas courir le risque qu'il l'interroge.

— Nous devons régler ce problème dès ce soir.

— Qu'entends-tu par régler ?

— Tu m'as très bien compris... nous devons l'éliminer. Mais cela met fin à notre activité.

— Peut-être pas.

— Comment cela ?

— Il se trouve que j'ai déjà son remplaçant. Un homme qui me semble plus discret et fiable que Nemeth.

— De qui s'agit-il ?

— L'homme qui souhaitait nous voir ce matin.

— Pouvons-nous lui faire confiance ?

— Tant qu'il y trouvera son compte.

— C'est un risque à prendre et je crois que compte tenu de la situation nous n'avons pas le choix.

Au même moment, dans les appartements de Pharaon, Abif fait part de ses avancées sur le trafic supposé au Temple de Karnak à Mosolan.

— Voici donc une excellente nouvelle Abif. Et quelles sont les prochaines étapes de ton enquête ?

— J'ai déjà lancé mes différents détectives et espions.

— Cela a-t-il donné des résultats ?

— Oui, je sais qu'il sera de retour à Thèbes demain à la première heure de la matinée. J'ai prévu de l'interpeller à ce moment-là.

— Je pressens que l'équilibre de Maât sera bientôt retrouvé sur Karnak... merci Abif.

Un peu plus tard sur Karnak.

La nuit vient de tomber près du débarcadère du domaine d'Amon ; la cité est endormie ; un homme vient de s'amarrer, descend de son embarcation et se dirige vers le pilier droit de l'entrée du Temple ; quelques torches éclairent le chemin vers le débarcadère.

— Bonsoir Nemeth. Un individu sort de la pénombre et surprend le marchand.

— Je ne vous avais pas entendu. Mais pourquoi ne pas m'avoir attendu à l'endroit habituel ?

— Je voulais m'assurer d'être tranquille pour parler avec toi d'une chose extrêmement ennuyeuse.

— Un client se serait-il plaint ?

— Non, il s'agit d'une chose beaucoup plus grave.

En disant ces mots, le complice fait un pas précipité vers Nemeth, qui instinctivement recule à son tour.

— Vous m'inquiétez, de... de quoi s'agit-il ?

— Abif le garde personnel de Pharaon est à ta recherche, il semblerait que tu n'aies pas été assez discret sur nos échanges.

— Je n'ai rien à voir avec ces accusations et j'ai entièrement confiance en mes hommes !

— Oserais-tu dire que je mens ?

— Non, mais d'où tenez-vous cette information ?

— Peu importante, puisque notre arrangement a été ébruité.

— Que proposez-vous ?

— Il faut que tu disparaisses pendant un certain temps pour te faire oublier.

— Mais, mais... mes activités ? Et combien de temps ?

À cet instant, Aduj surgit derrière Nemeth et lui assène un coup de dague mortelle dans la nuque.

— Pour toujours !

Le corps du marchand met quelques secondes à tomber aux pieds du Grand Prêtre. Aidé de son complice, il s'empresse d'envelopper la victime dans un drap afin d'éviter que le sang ne coule au sol.

Ils transportent le cadavre au bord du débarcadère, Aduj récupère sa dague et aidé de son comparse jette la dépouille de la victime dans le Nil.

— Avec ce courant, il ne fera sa réapparition que très loin d'ici.

— Et que faisons-nous de son esquif ?

— Perce un léger trou dans la coque et détache-la du débarcadère... elle devrait sombrer lentement.

CHAPITRE 14

Le lendemain à Thèbes

La fraîcheur de la nuit se dissipe peu à peu au fur et à mesure de la montée du soleil dans le ciel de Thèbes. Le port est calme, les quelques bateaux amarrés semblent inertes tant le Nil est serein ce matin... contrairement à la veille.

— Chacun est-il à son poste ? murmure Abif à l'un de ses gardes.

— Oui, il ne pourra pas nous échapper.

Abif est anxieux, si les renseignements qui lui ont été fournis sont exacts, il va pouvoir envisager l'arrestation du Grand Prêtre Aduj et mettre fin à son trafic. Mais pour cela, il lui faudra interpeller Nemeth ; le marchand complice.

Abif a mis les moyens ; plus de cinquante hommes ont été dispersés sur le port ; aucune issue possible pour le suspect.

Cela fait maintenant plus de deux heures qu'ils sont à l'affût, mais aucun bateau n'est encore arrivé. Abif commence à douter... Nemeth aurait-il été prévenu ?

Soudain, au loin, une forme apparaît.

— Préparez-vous à intervenir, le bateau arrive.

Lentement, l'embarcation s'approche, quelques hommes descendent sur le débarcadère afin d'amarrer le navire. C'est le moment choisi par Abif pour lancer ses soldats.

Les trois individus descendus en premier n'ont pas eu le temps de réagir et sont aussitôt appréhendés, parmi ceux restés sur le bateau, deux ont tenté de s'enfuir en sautant dans le Nil… en vain.

Tous les hommes sont arrêtés et le garde personnel de Pharaon monte sur le bateau afin d'interpeller lui-même Nemeth.

Au total, douze individus sont retenus par les soldats, mais aucune trace de leur chef… Abif s'agace.

— Où est Nemeth ?
— Nous ne savons pas, répond l'un d'entre eux.
— Tu te moques de moi ? Où est-il ?
— Je vous jure que c'est la vérité, nous n'avons plus eu de ses nouvelles depuis hier soir.

Abif s'approche de l'individu et lui place la lame de son arme au niveau du visage.

— Si tu tiens à la vie, je te conseille de me dire la vérité… où se cache-t-il ?
— Je… je… vous assure que c'est la vérité. Il avait un rendez-vous avec un client en fin de journée…
— … Quel client ?
— Je ne sais pas, il ne nous a rien dit.
— Continue.
— Il nous avait dit qu'il serait de retour avant le milieu de la nuit, mais il n'est jamais arrivé.
— Pourquoi ne pas l'avoir attendu ?
— Ces consignes étaient claires : *si je ne suis pas de retour à temps, vous me rejoignez à Thèbes.*
— Mettez-les tous en prison ! Je m'occuperai d'eux plus tard.

Comment a-t-il pu nous échapper ? se demande Abif. Quelqu'un l'aura prévenu. Peut-être même que ce scélérat est en train de nous observer en ce moment.

Abif s'en retourne vers le Palais afin de faire son rapport à Pharaon. Au même moment, un vieil homme se présente devant la porte de Karnak.

— Bonjour jeune homme, s'adressant à Baagon.

— Bonjour, puis-je vous aider ?

— Oui, j'ai rendez-vous avec le Grand Prêtre Aduj.

Son sourire laisse apparaître une dentition éparse. Baagon décide de l'accompagner lui-même jusqu'à Aduj.

— Grand Prêtre, ce vieil homme dit avoir rendez-vous.

— Je ne le crois pas, répond-il d'un air agacé. Renvoie-le d'où il vient, il n'a rien à faire dans ces lieux !

— En êtes-vous certain ? lui rétorque le vieillard. Il me semble pourtant que nous avions un accord à entériner.

Aduj comprend qu'il s'agit de l'émissaire du remplaçant de Nemeth, un malaise profond s'empare de lui.

— Je te remercie Baagon, effectivement j'avais promis au patron de cet homme de passer un accord sur la livraison… de fruits pour les offrandes rituéliques… cela m'était sorti de la tête.

Baagon acquiesce d'un mouvement de tête et s'en retourne à ses occupations.

Aussitôt le prêtre parti, Aduj referme violemment la porte et menace le vieil homme de la dague qu'il porte en permanence sur lui.

— Tu as fait une grave erreur, le Vieux, en te présentant ici seul.

— Tout doux Grand Prêtre, un homme de votre stature ne pourrait se permettre un tel acte… et croyez-vous que cela soit judicieux avec les informations que détient mon chef ?

Le visage d'Aduj se décompose à l'idée que ses activités soient découvertes.

— Et quelles sont ces informations ?

— La mort de Nemeth, par exemple.

— Et en quoi cela me concerne-t-il ?

— Voyons Grand Prêtre, pas de cachotterie avec nous.

Aduj s'approche près du visage du vieil homme et le menace de son arme.

— Tu es bien insolent et tu vas le regretter.

— Mon patron a suivi ce scélérat hier soir et vous a vu avec votre complice l'éliminer et vous débarrasser du corps dans le Nil.

Aduj recule d'un pas et relâche la pression sur le vieil homme.

— D'ailleurs, Akon vous félicite, très malin le coup du trou dans l'esquif.

— Mécréant ! je vais te saigner !

— Et que croyez-vous que fera Akon s'il ne me voit pas revenir ?

De nouveau, Aduj recule, il sent bien qu'il est coincé. Mais après tout, il en sur le point de passer un accord avec quelqu'un de plus malin que Nemeth.

— D'autant qu'en ce moment les hommes de Nemeth ont été arrêtés, mais pas leur chef… alors pouvons-nous entériner notre nouvel accord Grand Prêtre ?

— Oui, va dire à Akon que je le contacterai pour notre prochaine livraison.

L'ignorant affirme, le savant doute, le sage réfléchit.
Aristote

CHAPITRE 15

Palais de Pharaon

De retour au Palais, Abif s'empresse de monter les quelques marches vers la terrasse où Mosolan l'attend... le visage du garde est fermé.
— Pharaon, j'ai échoué dans ma tâche.
— Pour quelle raison ?
— Je ne suis pas à la hauteur de la charge dont vous m'avez investi.
— Que dis-tu Abif ?
— Nemeth n'était pas dans son bateau ce matin.
— Quelqu'un l'aurait-il prévenu ?
— C'est ma conviction.
— Alors pourquoi dis-tu que tu as échoué ?
— Mais... Pharaon, je n'ai pas accompli ma mission de l'arrêter.
— Certes, mais tu as une information complémentaire, quelqu'un l'a averti de ta venue.
— C'est vrai, mais mes espoirs sont minces pour retrouver le mouchard.
— Je te fais entièrement confiance, Abif. Avec Ahmir, vous êtes les deux seuls dont je sais la loyauté totale.
— J'en suis très honoré Pharaon.

— Très bien, alors poursuis ta mission.

— Je retourne à Thèbes pour interroger quelques-uns de mes espions.

Malheureusement, les investigations d'Abif dans les maisons de la bière ne donnent rien pour le moment… le doute continue de l'envahir.

Il aurait aimé pouvoir demander de l'aide aux dieux, mais son passé de mercenaire l'a éloigné de toutes ces considérations. Pourtant son instinct le pousse à se diriger vers Karnak.

La traversée vers le domaine lui apparaît bien longue, tous les différents indices lui envahissent l'esprit : le gaucher introuvable, l'agresseur de Menothep semble avoir disparu. À chaque fois qu'une piste paraît s'ouvrir… les suspects s'évanouissent. C'est visiblement également le cas de Nemeth.

Il se présente devant l'entrée du domaine, où se trouve une connaissance.

— Bonjour Baagon, peux-tu me conduire auprès d'Ahmir ?

— Bonjour Abif, bien entendu, suis-moi.

Ils circulent au travers des différentes portes du Temple pour arriver près du Lac, Ahmir s'y trouve en pleine conversation avec Aduj au sujet de la fête de l'Opet qui aura lieu le lendemain.

— Je n'admettrai aucune erreur Ahmir, tu dois faire honneur à ton titre de père Divin !

— J'honorerai les dieux comme il se doit.

— Que fais-tu ici, Abif !

— Ravi de vous revoir également Grand Prêtre.

Aduj fustige, il n'accepte pas le mépris que le garde personnel de Pharaon lui inflige.

— Baagon retourne à ton poste, et vous, Père Divin, il n'est pas admissible que vous rencontriez vos amis au sein même du domaine d'Amon !

— J'en suis conscient, Grand Prêtre, mais je…

— … Il suffit, ton attitude est inacceptable !

— Vous vous trompez Aduj, ma venue n'a rien d'amicale… je poursuis mes interrogatoires et Ahmir est la prochaine personne que je dois questionner.

— Tu n'en as pas le droit, je dois normalement être prévenu par Pharaon ou le Vizir Ay…

— … si vous me laissiez parler, je vous aurais d'abord indiqué que je suis en premier lieu le messager de Pharaon qui vous prévient de ma venue.

— Tu te moques de moi !

— Je vous laisse voir cela avec Pharaon, en attendant je dois continuer mon enquête.

Le Grand Prêtre est poussé dans ses retranchements et s'apaise lentement.

— Très bien, mais ne prends pas trop de temps, nous avons une importante cérémonie à préparer pour demain !

Aduj laisse les deux hommes, convaincu du mensonge d'Abif.

— Comment fais-tu Ahmir pour supporter cet ignoble personnage ?

— Sache mon cher Abif que nous avons plus à apprendre de nos ennemis que de nos amis… eux n'hésiteront jamais à nous rappeler nos faiblesses.

— Tu as certainement raison.

— Dis-moi plutôt le véritable motif de ta visite.

— J'ai l'impression que les pistes se referment une à une ; j'ai vraiment besoin de ton aide.

— Et qu'attends-tu de moi ?

— Tu connais mon ignorance totale sur les dieux, mais j'aimerais qu'ils me donnent un signe… comme ils le font pour toi.

— Abif, je n'ai pas ce don…

— Ahmir !

— Soit ! Je profiterai de la fête de l'Opet de demain pour faire des prières afin que Maât te vienne en aide et fasse retrouver l'équilibre à Karnak.

— Merci Ahmir. Dans ce cas, nous nous reverrons demain, j'y accompagnerai Pharaon.

CHAPITRE 16

Karnak, le lendemain

Le Soleil vient à peine de se lever ; le Grand Prêtre ouvre les immenses portes de bois qui permettent d'entrer dans le Temple d'Amon. Il est suivi de Pharaon, la reine et l'ensemble des prophètes et pères divins du domaine.

Au centre de la salle principale trône un imposant socle de marbre sur lequel repose une barque divine portative. Devant le socle se trouvent deux autels de granit rose portant chacun, en guise d'offrande, trois tiges de lotus et de papyrus. En arrière, deux éventails ayant la forme de feuilles de lotus terminent le décor.

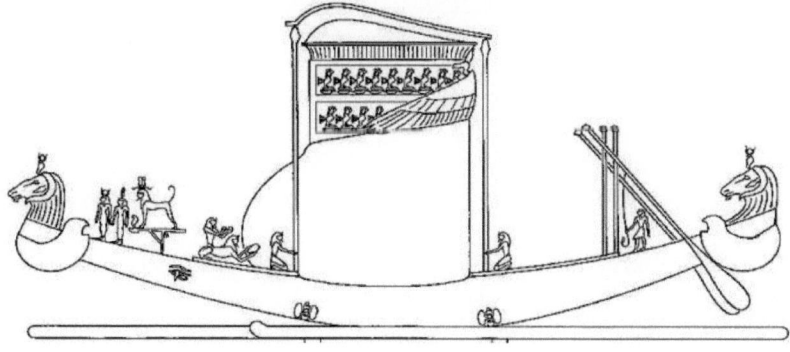

Sur la proue et la poupe de la barque divine est représenté l'emblème de Karnak : deux têtes de bélier finement ciselées — elles incarnent le Dieu Khnoum dieu créateur — leurs cornes sont ramenées en avant et portent sur leur front un Uræus[42] dressé (lui-même, portant un disque solaire au-dessus de la tête). Au cou de chacune des sculptures, le collier-Ousekh,[43] terminé à chaque extrémité par une tête de faucon.

À l'arrière de la barque se trouvent deux piliers à tête de faucon sur lesquels reposent deux rames également terminées par une tête de faucon.

À la proue de la barque apparaissent les déesses Hathor[44] et Maât, placées devant un sphinx portant une couronne et une barbe, debout sur un pavois. Derrière le sphinx, un roi est agenouillé, tourné vers le naos[45] auquel il donne en offrande deux vases. Le roi, coiffé du némès[46], représente Pharaon.

Ahmir participe pour la première fois activement à la cérémonie, il ne peut s'empêcher de détailler dans les moindres recoins la barque divine… Caché par un roi-sphinx à bras humains donnant en offrande un vase nemset[47], se trouve un Pharaon agenouillé.

De chaque côté du naos, deux statuettes de roi agenouillé soutiennent les colonnettes du dais. Un dernier personnage se situe à la poupe de la barque… le capitaine qui manie l'aviron.

---

[42] Dans l'antiquité égyptienne, l'uræus est le cobra femelle qui a pour fonction de protéger le pharaon contre ses ennemis.

[43] Bijou très répandu en Égypte antique, qui sous forme d'amulette aide le mort à se délivrer de ses entraves.

[44] Déesse de l'amour, de la beauté, de la musique, de la maternité et de la joie.

[45] Désigne la partie centrale d'un édifice cultuel, recevant généralement l'effigie d'une divinité.

[46] Le Némès est la coiffe la plus emblématique des pharaons qui la porteront de l'Ancien Empire jusqu'à la période ptolémaïque.

[47] Vase qui servait avec le vase heset lors de la cérémonie d'ouverture de la bouche.

Sur la coque, sont dessinés un œil oudjat[48] du côté de la proue, et au centre deux scarabées ailés, tenant un disque solaire.

Mais la partie essentielle de cette barque est le naos, tourné vers la proue… le lieu où se repose Amon.

Un voile enveloppe en partie le naos, deux vautours le retiennent sur la façade avant. Le voile masque partiellement la décoration du naos constitué d'une série de rangs de serpents coiffés de l'atef,[49] dressés sur une corbeille.

Ahmir fait signe aux douze prêtres Ouêb de sa zaa de s'avancer afin de transporter la barque. Lentement, l'embarcation est soulevée de son autel. Les prêtres marchent à petits pas vers la sortie. Ahmir et un second père Divin se saisissent chacun d'un éventail constitué d'une grande plume d'autruche afin d'écarter les mauvaises influences. Aussi bien les porteurs que les porte-éventails ont la tête rasée et sont vêtus d'un pagne triangulaire blanc, une ceinture nouée sur le ventre.

Derrière chacun des porte-éventails se placent les deux prêtres Sem le premier est interprété par Cabulatin, et le second positionné derrière Ahmir, n'est autre que le Grand Prêtre Aduj affublé de sa pardalide.

Dès la sortie du Temple, Pharaon, vêtu d'un pagne à devanteau triangulaire et d'un casque de guerre présente l'encens, accompagné de la reine.

Dans la barque divine, l'Amon-Rê de Karnak, escorté de son épouse Mout et de leur fils Khonsou, est porté en procession jusqu'à Louxor où il prendra la forme d'Amon-Min.

Dès la sortie du domaine, une foule immense acclame la procession. De nombreux soldats sont disposés le long du chemin afin d'éviter le moindre débordement. Rapidement, le cortège s'approche de la première chapelle reposoir, nommée *l'Escalier d'Amon en face la Maison du Coffre*, parmi les six stations présentes sur le parcours jusqu'au

---

[48] L'Œil oudjat est un symbole protecteur représentant l'Œil du dieu faucon Horus.

[49] L'Atef est la couronne portée par le dieu Héryshef et parfois par Osiris, de même que par Pharaon lors de certains rituels.

temple de Louxor. La barque est posée délicatement sur son socle et la reine, placée à l'extérieur de la chapelle, offre à son tour l'encens.

Le pharaon et la reine suivront le cortège tout le long du chemin en tenant chacun de la main droite une longue canne et le signe de vie, et la massue dans la main gauche.

Arrivé au troisième reposoir *Makarê est unie aux Beautés d'Amon*, Ahmir aperçoit près de l'entrée Abif qui lui lance un regard interrogatif, il le rassure par un sourire… le père divin n'a de cesse depuis le début de la cérémonie d'implorer aux dieux un signe pour son ami.

Au quatrième reposoir *Makarê est celle qui rafraîchit la Parole d'Amon*, la reine, vêtue comme son époux d'un pagne à devanteau triangulaire, porte un collier et le casque de guerre avec uræus, elle tient dans la main gauche l'encensoir décoré d'une tête de faucon, le manche est terminé par une cassolette allumée ; de la main droite, elle envoie des boulettes d'encens sur la flamme de la cassolette. La même scène se reproduira au cinquième reposoir *Makarê a reçu les Beautés d'Amon*, mais cette fois-ci c'est Mosolan qui offre l'encens pour l'unique fois seul. C'est de nouveau la reine Neferi qui officiera sur le sixième et dernier reposoir *Amon est glorieux d'Escalier*.

Il aura fallu près de trois heures de trajet pour que le cortège arrive aux portes du temple de Louxor. La barque divine y restera durant trente jours pour revenir au domaine de Karnak. Le chemin de retour se faisant en grande partie par un bateau sur le Nil.

Dès la fin de la cérémonie, Pharaon vient féliciter Ahmir pour le bon déroulement de la fête. Le Grand Prêtre qui lui a imposé cette tâche était persuadé de son échec, il l'ignore donc et s'en retourne sur Karnak.

Abif s'avance à son tour de son ami pour le complimenter.

— Ce fut une belle cérémonie Ahmir.

— Merci Abif, j'espère que les dieux auront écouté ma demande.

Un soldat s'approche du garde personnel de pharaon et lui glisse quelques mots à l'oreille, qui ont pour effet de le surprendre.

— Ahmir, je pense que les divinités viennent de nous envoyer un signe.

— Explique-toi.

— Un corps vient d'être découvert dans le Nil.

— Crois-tu qu'il puisse s'agir de Nemeth ?

— Je dois m'en assurer.

Se retournant vers deux de ses gardes.

— Va me chercher le second de Nemeth afin qu'il reconnaisse le corps, et toi va quérir le médecin du Palais pour qu'il ausculte le cadavre retrouvé.

— Ahmir, je te propose de m'accompagner pour voir si c'est bien le signe que nous attendions.

CHAPITRE 17

Rive du Nil

Le groupe d'hommes constitué d'Abif, d'Ahmir, du médecin du Palais, du second de Nemeth et de deux soldats arrive sur le lieu de la découverte du corps sans vie. Là, sur la berge au pied d'un acacia… un cadavre… le visage bouffi par l'humidité… les eaux du fleuve ont fait leur œuvre.

— Reconnais-tu cet homme ?

— Malheureusement oui, c'est Nemeth.

Le second de la victime semble attristé par la vue du corps de son chef, et se retourne soudain vers Abif.

— Il n'a plus son bracelet !

— De quoi parles-tu ?

— Son bracelet… il ne s'en séparait jamais, c'était une sorte d'amulette pour lui. Un bracelet en lapis-lazuli orné d'un scarabée en or…

— … les eaux du Nil l'ont très certainement emporté.

— Oui, tu as raison…

— Que pouvez-vous nous dire sur le cadavre ? s'adressant au médecin du Palais.

Il fait le tour du corps en observant le moindre détail, un soldat l'aide à retourner la victime et découvre une entaille au niveau de la nuque. Au bout de quelques minutes, où chacun est resté silencieux, il s'adresse à Abif.

— La mort est très certainement due à une lame qui a transpercé l'arrière du cou et compte tenu de l'état du corps, je dirai qu'il se trouve dans le Nil depuis trois jours.

Abif s'adresse à l'homme de Nemeth.

— Il a été assassiné la veille de ton arrestation, quand l'as-tu vu pour la dernière fois ?

— Il nous a quittés en fin d'après-midi pour aller à un rendez-vous sans plus de précision.

— Le crime remonte par conséquent à la veille au soir, et le coupable est sûrement celui qu'il a rencontré.

— Voici donc une excellente nouvelle Abif, les dieux nous ont enfin envoyé un signe, tu vas pouvoir remonter jusqu'au responsable de tout ce trafic.

— Je ne suis pas aussi enthousiaste que toi, Ahmir. Cette piste se referme également. Il faudrait que nous puissions découvrir d'où le corps a été jeté dans le fleuve...

— Je pense qu'un homme serait capable de le localiser, quelqu'un qui connaît les moindres recoins, et courants du Nil.

— Karon ! Bien sûr ! Ahmir, je crois qu'une visite au père de Caloum s'impose !

Les deux hommes se dirigent avec hâte vers la demeure du beau-père d'Ahmir, située non loin du lieu de la découverte du corps.

Après trente minutes de marche sur les bords du Nil, ils aperçoivent la maison de Karon située sur les hauteurs. Ahmir n'est jamais revenu sur ces lieux depuis la mort de Caloum. Un petit chemin escarpé descend vers la rive sur laquelle un bateau de pêche est amarré.

Ils reconnaissent près de l'esquif la silhouette de Karon, qui rentre juste d'une sortie sur le fleuve… il se retourne et aperçoit les deux hommes.

— Ahmir, Abif ? Que faites-vous ici ?

— Bonjour Karon, très heureux de vous revoir.

Dans un geste de tendresse comme pourrait le faire un père avec son fils, il enlace Ahmir afin de lui exprimer la joie de le revoir.

— Je suis vraiment désolé de ne pas vous avoir rendu visite depuis si longtemps…

— … Ne t'excuse pas Ahmir, je comprends… d'autant plus que j'ai appris que tu avais de nouvelles fonctions à Karnak… Caloum serait fier de toi.

— Merci infiniment Karon.

— Suivez-moi dans ma demeure et expliquez-moi tous les deux ce qui vous a amené jusqu'à votre vieil ami…

Tout en remontant le chemin escarpé, Abif et Ahmir décrivent dans les détails le trafic sur lequel ils enquêtent et la découverte du cadavre de Nemeth.

La maison de Karon ressemble à toutes celles des pêcheurs de Thèbes avec peu de décoration et une odeur forte de poisson, qu'il tente d'atténuer en brûlant de l'encens.

— … Ce que vous me dites là est bien triste.

— Nous sommes persuadés que l'équilibre de Maât est en danger.

— Et en quoi puis-je vous aider ?

— Vous êtes le seul dans le royaume qui pourrait nous dire d'où le corps a été jeté ; les courants du Nil n'ont aucun secret pour vous.

— Je te remercie pour ta confiance Ahmir.

— Nous savons que cela s'est produit il y a trois jours, poursuit Abif

— Le jour où le fleuve était en colère… attendez-moi un moment.

Le vieil homme se dirige dans sa chambre et en revient au bout de quelques instants avec un rouleau de papyrus à la main qu'il étale sur la table. Il s'agit d'un plan détaillé du Nil.

— Montre-moi Abif où le corps a été retrouvé.

— Précisément ici.

Karon commence à faire danser son index sur le papyrus et au bout de quelques minutes s'arrête net.

— Voici d'où votre cadavre a été jeté.

Ahmir et Abif n'en croient pas leurs yeux. Ils ne peuvent retenir un rictus de satisfaction. Le lieu que Karon vient de leur montrer n'est autre que le débarcadère du Temple de Karnak.

— Ahmir, le voici notre signe des dieux !

— Karon, nous vous sommes très redevables, grâce à vous Maât va vaincre l'Isfet.

Une certaine qualité de gentillesse est toujours signe de trahison.

François Mauriac

CHAPITRE 18

Thèbes, appartement d'Apothem, deux jours plus tard

— Je suis réellement heureux que nous puissions enfin avoir un moment de détente ensemble Menothep.

— Il est vrai que les événements de ces derniers mois nous ont pris beaucoup de notre temps libre... il était vraiment temps que nous nous changions les idées.

— Quoi de plus satisfaisant que d'avoir un bon repas avec ses amis.

— Je suis d'accord avec toi, Apothem.

Les deux jeunes scribes poursuivent dans une ambiance agréable leur dîner, puis Apothem se lève promptement.

— Je dois absolument te montrer ce que j'ai troqué hier en ville.

Il reprend sa canne posée contre le bord de la table et se dirige en boitant vers sa chambre. Pendant ce moment, Menothep scrute la pièce principale ; Apothem a beaucoup de goût pour décorer son intérieur. Il y a beaucoup d'amulettes afin de protéger sa maison, mais également quelques jolies statuettes.

L'une d'entre elles attire plus l'œil de Menothep, son ami a dû l'acquérir il y a peu, il ne se souvient pas l'avoir déjà vue. Il s'agit d'une représentation de Khnoum, le Dieu à tête de bélier. Un détail attire l'attention du jeune scribe, la main droite du personnage a disparu, certainement dû à une chute. Il la prend en main et la retourne.

En un instant, son visage se décompose… cette statuette il la reconnaît, elle faisant partie d'un lot d'offrandes pour Karnak. Une marque… sa marque est présente sous le socle. Non… ce n'est pas possible… beaucoup de questions tournent dans sa tête. Comment l'a-t-il acquise ? Se pourrait-il qu'Apothem soit le complice recherché… mais ce n'est pas possible… sa jambe… mais malheureusement, tout le reste du profil correspond parfaitement ; il est gaucher, il a accès aux archives.

— Regarde-moi ce magnifique scarabée.

Menothep est surpris par le retour d'Apothem.

— Oui… euh… oui, magnifique.

— Je t'ai visiblement dérangé dans tes pensées.

— Excuse-moi, Apothem, j'ai toujours les images de… de mon agression à l'esprit.

— Je comprends. Mais changeons-nous les idées en dégustant ces succulentes dattes.

Les deux jeunes scribes terminent leur repas, Menothep, tâchant de ne pas montrer son amertume d'avoir découvert que celui qui considérait comme son ami était certainement complice de ce trafic.

— Je suis désolé, Apothem, mais je vais devoir te laisser, je suis très fatigué et j'ai promis à Abif de l'accompagner pour pêcher sur le Nil.

— Pas de soucis, mon ami. Passe une bonne nuit.

Menothep quitte la demeure d'Apothem et se dirige vers la maison d'Abif afin de lui relater la terrible découverte qu'il vient de faire.

— Que t'arrive-t-il, Menothep ?

— Abif, j'ai découvert une chose épouvantable !

— Entre et explique-moi tout.

Les deux hommes s'installent dans la pièce principale de la demeure du garde personnel de Pharaon, située tout proche du Palais. Abif sert un verre de lait de chèvre à son jeune ami.

— Je t'écoute Menothep.

— Le faussaire... c'est Apothem.

— Que dis-tu là ?

— Je t'assure Abif. J'ai découvert chez lui une statuette qui... qui faisait partie d'un lot d'offrandes.

— Comment peux-tu en être certain ?

— La marque Abif ! La marque !

— Quelle marque ?

— Celle que j'appose à chaque fois que je fais un inventaire !

— Mais c'est évident ! Pourquoi suis-je passé à côté de cela !

— Il nous a dupé tous les deux.

— Je comprends maintenant pourquoi nous n'arrivions jamais à surprendre ce trafic ; Apothem était au courant de toute notre enquête.

— C'est ma faute... c'est moi qui lui ai demandé de l'aide.

— Ne te blâme pas Menothep, je n'ai rien vu non plus.

— Ce que je ne m'explique pas, c'est qu'il ne peut être mon agresseur ; il lui est impossible de courir.

— Je crois qu'il nous a également menti sur ce sujet.

— Tout est ma faute Abif !

— Je te le redis, nous avons été dupés tous les deux.

— Vas-tu l'arrêter ?

— Non, non... nous allons pouvoir profiter de la situation... maintenant que nous avons découvert son double visage.

— Que veux-tu dire ?

— Je vais le faire suivre jour et nuit et il finira bien par nous amener jusqu'au commanditaire principal.

— Aduj ?

— Je l'espère.

CHAPITRE 19

Quelques jours plus tard

Depuis la découverte de Menothep, les déplacements du jeune Apothem sont constamment scrutés par les hommes d'Abif. Le garde personnel de Pharaon le sent... le moment qu'il attend depuis de nombreux mois est proche.

Un soldat l'interpelle très essoufflé.

— Je viens vous prévenir que... que notre individu se dirige vers Karnak ; il a visiblement un rendez-vous avec un prêtre du domaine.

— Attelle un char, nous devrions pouvoir le rattraper rapidement.

Enfin, les espoirs d'Abif semblent récompensés. Il lui faudra effectivement moins d'une heure pour remonter la piste d'Apothem. Accompagné du garde qui l'a prévenu, ils ont trouvé un point de vue idéal sur le débarcadère du Temple... le jeune scribe paraît attendre son contact.

L'attente ne sera pas longue, une ombre surgit par un passage étroit le long du mur d'enceinte du Domaine d'Amon. Abif tente de retenir une joie intense... il reconnaît la silhouette du Grand Prêtre Aduj.

Rapidement, un groupe d'esclaves accompagné d'un autre complice fait son apparition, Abif n'a pas le temps d'identifier ce deuxième homme qui retourne aussitôt dans le Domaine. Il semble qu'un chargement devrait avoir lieu, les esclaves transportent quelques caisses de bois.

— Les dieux nous ont entendus, ils doivent attendre une embarcation.

Soudain... au loin... un bateau de marchand se dirige vers le débarcadère. Les suspicions d'Abif s'avèrent exactes.

— Prends le char et va chercher un maximum de soldats, qu'ils emparent de tous les chars à disposition, empruntez les bateaux que vous trouverez. Il faut faire vite, le temps nous est compté, nous n'aurons jamais une meilleure chance de tous les arrêter.

Le garde part à pleine vitesse. Pendant ce temps, Abif ne rate aucun détail du trafic qui a lieu sous ses yeux.

Au bout de quarante minutes, l'embarcation arrive sur place. Quelques hommes en descendent, l'un d'entre eux qui semble être le chef attire l'attention d'Abif... Akon... Il a déjà eu à faire à lui par le passé lorsqu'ils étaient tous les deux mercenaires. Il comprend alors que l'arrestation va être très compliquée, Akon est aguerri à ce genre de situation.

Cela va faire deux heures que le garde est parti, et le chargement est pratiquement terminé, Abif est très inquiet, il ne peut pas intervenir seul. Soudain, il aperçoit son homme qui se dirige vers lui.

— Qu'as-tu fait ? Où sont les autres ?

— J'ai profité du voyage pour expliquer le positionnement que chacun devait prendre en arrivant sur place. Ils sont tous répartis autour du débarcadère, ils n'attendent qu'un signe de votre part pour intervenir.

— Bravo, rappelle-moi que je te dois une belle récompense.

Abif lance l'attaque et l'ensemble des soldats se ruent sur le débarcadère. Les hommes d'Akon et la totalité des suspects, surpris par l'assaut, n'ont pas le temps de réagir, la plupart sont arrêtés rapidement à commencer par Aduj.

Abif aperçoit Apothem qui tente d'échapper à un soldat en courant sans sa canne. Il reconnaît bien l'agilité de l'agresseur de Menothep. Le soldat jette sa lance en direction du fuyard qui l'atteint à la jambe et le stoppe net.

Akon et son complice, le Vieux, ont échappé un moment à la vigilance des soldats et tentent de s'emparer d'un char. Abif, qui observe la scène se saisit d'un arc et tire une flèche dans leur direction. Avant que le projectile ne frappe le dos d'Akon, le Vieux fait rempart de son corps, et la flèche l'atteint en plein cœur. Ce moment de confusion permettra aux soldats d'attraper Akon.

Un à un, les protagonistes sont amenés vers le débarcadère. Le jeune Apothem blessé à la jambe est le premier à soutenir le regard satisfait d'Abif. En s'approchant, Aduj vocifère.

— Tu me le paieras ! tu me le paieras !

La mission est un succès total, l'ensemble des responsables sont faits prisonniers, seul le décès du vieux est à déplorer.

Il n'est point de vainqueur sans l'aveu du vaincu.
Quintus Ennius

CHAPITRE 20

Le lendemain, Thèbes

Abif atteint patiemment dans la même salle où quelques mois auparavant il a dû, à contrecœur, interroger Baagon. Son état d'esprit est totalement différent, il sait qu'il a affaire aux réels coupables ; son guet-apens de la veille fut un grand succès.

Un soldat fait entrer le premier d'entre eux, le jeune scribe Apothem. Son visage habituellement souriant a changé, il semble perdu. Blessé lors de son interpellation, il s'assied en face d'Abif avec grande difficulté.

— Je vois que maintenant ta canne te sera réellement utile… pourquoi avoir joué la comédie à ce sujet ?

Apothem explique en détail les raisons de la simulation de son infirmité.

— J'étais vraiment blessé… cela n'a duré que quelques semaines, mais… mais on me versait un sac de blé tous les mois pour compenser mon accident. Comprends-moi, je ne pouvais pas laisser passer une telle occasion !

— Et Menothep, je croyais qu'il était ton ami…

Il se lève en hurlant.

— Je ne peux pas te laisser dire cela, je l'ai toujours considéré comme mon ami… le seul à vrai dire !

— Un véritable ami donnerait sa propre vie ! Alors, pourquoi l'avoir agressé ?

— Je ne pouvais pas le laisser découvrir la vérité… il m'aurait tué !

— Tu parles d'Aduj, j'imagine.

— Non ! Je n'ai rien dit de tel !

— Comme tu le voudras, mais je suis au regret de t'annoncer que nous avons retrouvé chez toi le reste des tablettes et papyrus dérobés. Tu es donc pour l'instant le seul coupable et le chef de ce trafic… tu sais par conséquent ce que tu encours.

Apothem réfléchit un long moment ; il ne veut pas payer pour un autre.

— C'est vrai… c'est bien le Grand Prêtre qui est à la tête de tout cela.

— Et c'est lui qui a assassiné Nemeth !

— Je n'en sais rien.

— Ou alors c'est toi !

— C'est impossible je… j'étais avec Menothep à ce moment-là.

Le jeune scribe se prend la tête entre les mains et lâche quelques larmes.

— Et pourquoi avoir déposé ces tablettes chez Baagon ?

— Il était le coupable idéal ; c'était aussi une idée d'Aduj… cet homme est un monstre… je te jure Abif, il me tenait dans ses griffes.

— Très bien, j'en ai donc fini avec toi.

— Mais Abif, que va-t-il m'arriver ?

— Tu seras jugé demain.

— Et Menothep ? Pourrais-je lui parler ?

Abif ne répond pas et fait signe de récupérer le scribe.

Un soldat aide Apothem à se lever pour le raccompagner dans sa cellule, pendant qu'un autre fait entrer Aduj dans la salle d'interrogatoire. Les deux hommes ont le temps d'échanger un regard, celui d'Aduj est haineux, alors qu'Apothem reste les yeux baissés.

— Assieds-toi, Aduj !

— Sois plus respectueux avec le Grand Prêtre de Karnak !

— Je n'ai aucune considération envers les traîtres, alors contente-toi de répondre à mes questions !

— Je suis Grand Prêtre du Domaine de Karnak, oncle de l'actuel Pharaon, demi-frère du défunt souverain et à ce titre prétendant au trône du royaume ; il n'est pas question que je sois interrogé par un simple garde !

— Nous y voilà… tu préparais la chute du trône de notre Pharaon !

— Non !

— Alors, dis-moi la vérité !

Aduj regarde le garde de Mosolan dans les yeux, intensément, mais ne répond rien.

— À vrai dire, je n'ai pas besoin de tes aveux, nous avons toutes les preuves nécessaires et même le témoignage de tes complices.

— Ce sont tous des lâches !

— Pourquoi avoir mis en place ce trafic ? !

Aduj se terre dans le silence.

— Ton mutisme ne sert à rien, nous savons tous les deux que tu es le commanditaire et l'assassin de Nemeth…

— … par mon statut, je méritais plus que ce qui m'était offert !

— Aduj, je t'annonce que ton sort sera décidé demain par Pharaon et le Vizir Ay.

Le Grand Prêtre est à son tour raccompagné dans sa cellule par un soldat. Abif ressent à cet instant un immense soulagement, celui d'avoir enfin accomplie la mission que Mosolan lui a confiée et qui va permettre de retrouver l'équilibre de Maât.

Pharaon, souhaitant faire régner la paix et l'harmonie au plus vite, convoque, dès le lendemain, un conseil pour juger tous les protagonistes.

L'ensemble des acteurs du trafic font leur entrée dans la Grande Salle d'Audience, entouré d'un important nombre de soldats. En tête de ce honteux cortège se trouvent les dix hommes d'équipage, précédés d'Akon, leur chef, puis Apothem et enfin Aduj.

Mosolan est assis sur le trône, sur sa droite et sa gauche, se tiennent, respectivement debout, le Vizir, Ay et Abif. Quelques autres personnes ont été invitées, notamment l'ensemble des prophètes de Karnak, Habeyon, Cabulatin et Qar, ainsi qu'Ahmir, Menothep et Baagon.

Par son titre, c'est le Vizir Ay qui annonce à chacun des coupables sa peine.

— Au nom de Maât et de Mosolan, notre Pharaon, voici ce que nous avons décidé. Les esclaves ont été laissés libres de partir, ils n'ont été que des victimes de ce frauduleux trafic.

— Maât en soit témoin. Indique alors Pharaon.

— Les hommes d'équipage du navire dont Akon est le capitaine sont condamnés à l'exil.

— Maât en soit témoin. Que l'effet soit immédiat !

Trente soldats s'approchent des condamnés afin de les escorter jusqu'au-delà des frontières du royaume.

— Apothem et Akon, compte tenu de votre implication, vous êtes condamnés à l'enfermement permanent

— Maât en soit témoin. Que l'effet soit immédiat !

Cinq gardes s'avancent vers des deux hommes afin de les conduire vers leur nouvelle et dernière demeure. En passant, Apothem tente de capter le regard de celui qu'il considérait malgré tout comme son ami, mais Menothep reste les yeux vers le sol.

— Aduj, vous avez été retenu comme le principal instigateur de ce trafic, mais également l'assassin de Nemeth. Pour ces raisons et grâce à votre statut de Grand Prêtre, vous êtes condamné au suicide imposé.

— Maât en soit témoin. Que l'effet est lieu demain matin au lever du soleil.

Pour la première fois, il n'y a plus de colère ni d'arrogance dans l'attitude d'Aduj, qui effectuera bien sa peine le lendemain.

— Baagon ! Approche-toi ! lui demande Mosolan.

Il est surpris de cette requête, et s'avance fébrilement.

— Je laisse le soin au Vizir, ton père, de te faire part de notre verdict.

— Baagon, nous avons décidé de te laver de tous les soupçons honteusement proférés contre toi, et afin de recevoir les excuses du Royaume d'Égypte, ton nom sera effacé sur tous les documents qui t'accusaient.

— Maât en soit témoin.

Chacun s'approche de Baagon afin de lui exprimer la satisfaction de cette décision.

Ce n'est pas la récompense qui élève l'âme, mais le labeur qui lui valut cette récompense.
Multatuli (1859)

CHAPITRE 21

Le lendemain, Palais de Pharaon

Mosolan est assis comme la veille sur son trône, dans la Grande Salle d'Audience, son attitude est beaucoup plus paisible, aujourd'hui ce sont des récompenses qu'il va promulguer.

— Faites entrer mon garde personnel Abif !

Un jeune soldat se dirige vers la grande porte de bois et fait introduire Abif. Il s'approche lentement vers Pharaon. C'est la première fois depuis bien longtemps qu'il fait ce chemin aussi sereinement. Il se place devant son souverain en esquissant un léger sourire auquel Mosolan répond.

— Mon cher Abif, vu ta fidélité et ton engagement sans failles pour faire jaillir la vérité et ainsi retrouver l'équilibre de Maât, je te nomme général de l'Armée du Royaume d'Égypte et tu resteras officiellement mon Garde Personnel, car je ne vois nul homme capable de te succéder.

— Je puis vous assurer que je ferai tout pour ne pas vous décevoir.

— Général Abif, quelle sera votre première décision ?

— Je nomme Naliton, le garde qui a permis la réussite de l'arrestation des mécréants, chef de la garde du Palais.

— Maât en soit témoin, je te laisse le lui annoncer.

Abif reste près de Mosolan en attendant que toutes les auditions soient terminées.

— Faites entrer le scribe Menothep !

Il avance lentement vers Pharaon, très anxieux, mais rapidement le regard du nouveau général le rassure et l'apaise.

— Menothep par ton zèle, ton travail et ton investissement dans la découverte des coupables de ce terrible assassinat et ignoble trafic, je te nomme Directeur des greniers, ton prédécesseur devenant nomarque du nome du Pays de Nubie.

— Je vous remercie pour votre confiance Pharaon.

— Directeur des greniers, quelle sera votre première décision ?

— Poursuivre l'excellent travail de mon prédécesseur.

— Maât en soit témoin.

Menothep quitte la Grande Salle d'Audience en ayant pris soin de saluer Mosolan et le Général Abif.

— Faites entrer le deuxième Prophète de Karnak !

Cabulatin se dirige vers Pharaon et s'arrête à quelques pas du trône.

— Mon cher Cabulatin, tu as toujours servi Karnak avec une grande fidélité. La mort d'Aduj libère le poste de Grand Prêtre que je t'accorde tout naturellement aujourd'hui.

— Merci Pharaon, je m'efforcerai de rester aussi fidèle à Karnak que je le suis à mon souverain.

— Grand Prêtre Cabulatin, qu'elle sera votre première décision ?

— Je propose l'admission aux Grands Mystères au Père Divin Ahmir.

— Maât en soit témoin, faites entrer Ahmir !

Cabulatin se tourne vers Mosolan l'air surpris.

— Vous saviez que je vous demanderais ceci ?

— Je n'en avais aucun doute, ajoute Mosolan en souriant.

Ahmir se dirige à son tour, vers Mosolan auprès duquel il aperçoit Abif et Cabulatin.

— Mon cher Ahmir, notre nouveau Grand Prêtre Cabulatin vient de prendre la décision de t'admettre aux Grands Mystères, mon propre choix est que cette cérémonie se déroulera dans sept jours. Je souhaiterais également te récompenser personnellement pour ton application au retour de l'équilibre de Maât, qu'espérerais-tu pour toi même ?

— Notre Grand Prêtre vient de le faire. C'est pourquoi je vous demande d'offrir ma récompense à Baagon en le proposant aux Petits Mystères.

— Ta bonté et ta sagesse n'ont que peu d'égales dans le royaume Ahmir. Maât en soit témoin !

Le plus beau sentiment du monde, c'est le sens du mystère.
Celui qui n'a jamais connu cette émotion, ses yeux sont
fermés.

Albert Einstein

CHAPITRE 22

Karnak, une semaine plus tard

Ce temple, le Père Divin Ahmir le connaît bien, c'est le même qui l'a vu franchir les trois premiers degrés menant vers ceux des Grands Mystères, et comme pour le passage du degré intermédiaire... il fait nuit. La seule distinction avec les deux précédentes cérémonies, c'est qu'il est déjà assis parmi les différents prêtres, notamment Pharaon et les prophètes et prêtres rituéliques de Karnak.

Soudain, le temple est plongé dans le noir, Ahmir n'a pas remarqué que trois prêtres se sont levés pour éteindre les flambeaux.

— Bhérémite ! Un drame est survenu, Osiris, auteur du bien et de l'ordre, a été tué par Seth !

Une autre voix se fait entendre à l'Orient.

— Seth représente, pour les mortels, toutes les passions humaines qui les empêchent de progresser vers la Lumière.

La voix à l'Occident reprend la parole.

— L'heure de la vengeance a sonné ! Bhérémite ! Approchez-vous de l'autel !

Une main se pose sur l'épaule d'Ahmir l'invitant à se lever. Il suit le prêtre qui l'amène devant une table de marbre rose sur laquelle un second prêtre allume une torche. Le premier, lui pose à nouveau une main sur l'épaule.

— Observez devant vous cette dague et saisissez-vous-en.

Ahmir s'exécute.

— Bhérémite ! Vous représentez le fils de l'union divine d'Osiris et d'Isis, de votre père, vous devez vaincre Seth, vous devez vaincre ces passions humaines !

Un long silence s'installe.

— Horus ! Tranchez la gorge du traître dont la main posée sur votre épaule vous empêche d'avancer, de progresser dans la bonne direction !

Ahmir semble inerte, il ne réagit pas et au bout de quelques secondes par un geste lent repose la dague où il l'avait prise. Aussitôt, le prêtre ôte sa main de son épaule.

— Vos yeux commencent à mieux voir Initié-Horus, vous l'avez compris ; c'est en vous qu'il faut vaincre ces passions humaines. Vous êtes digne de connaître la Doctrine Sacrée et voir la Lumière.

Deux torches sont alors allumées à l'Occident et sortent légèrement le Temple de la pénombre. Aussitôt, deux prêtres prennent Ahmir par les poignets en serrant suffisamment pour qu'il ne puisse bouger.

— Hélas, vous n'êtes qu'un esclave chez un peuple d'étranger. Vous devez vous libérer de vos chaînes. L'heure de l'affranchissement est arrivée.

Ahmir cherche le moyen de se libérer, il observe attentivement les deux torches devant lui. Lentement, il lève les deux bras, suffisamment pour positionner ses deux mains près du feu, ce qui a pour effet immédiat de libérer ses poignets.

— Vos yeux continuent à mieux voir, du feu naît la lumière… mais cette lumière n'est pas encore celle que vous devez atteindre.

À cet instant Pharaon qui tient encore le rôle de l'Hiérophante allume une torche près de lui et s'adresse à Ahmir.

— Maintenant que vos chaînes sont tombées, vous n'avez plus qu'un degré à franchir pour parvenir à la Lumière… à la Vérité. Observez donc cette nouvelle lumière, cette Étoile Flamboyante, elle représente Sirius, consacrée à Isis source de la Lumière. Maintenant, méditez !

Alors qu'Ahmir dans un silence intense est plongé dans une profonde réflexion, il ne voit pas que lentement quelques sources lumineuses sont de nouveau réactivées

Soudain, son regard est attiré par une statuette invisible jusqu'à présent — elle représente Isis — sur son socle, une série de hiéroglyphes ; alors qu'il commence à les déchiffrer dans sa tête, la voix de Pharaon retentit.

— Je suis tout ce qui est, qui a été, qui sera, et nul mortel n'a pu encore soulever le voile qui me couvre.

Ce sont les mots exacts représentés par l'inscription du socle.

— Mon frère, tu es arrivé au bout du chemin, mais afin d'être admis parmi les Grands Initiés, nous devons savoir si tu en es réellement digne, pour cela nous te demandons de nous expliquer les symboles des cinq degrés précédents.

Un court silence s'installe, et Ahmir se lance.

— Au premier degré, nous apprenons la Sagesse, car elle préside aux leçons de la morale. Le Thalmidite doit vaincre ses passions, soumettre sa volonté et persévérer. Au deuxième degré, l'Hébérémite est éclairé par les mathématiques, la physique, la géométrie, la médecine, l'astronomie. La Force du Génie préside aux Sciences. Le troisième degré est celui des obsèques, ce que nous a appris Osiris aux degrés précédents nous a permis de revivre le drame de sa mort et naître de nouveau. Le quatrième degré est celui de la Vengeance, le Bhérémite doit vaincre les passions humaines afin d'être digne de connaître la Doctrine Sacrée. Le cinquième degré est celui de l'affranchissement, l'initié doit retrouver sa liberté parmi ce peuple étranger aux fins d'être prêt à suivre l'Étoile Flamboyante représentant Sirius l'astre d'Isis, source de la Lumière.

— Grand Initié, tel est dorénavant votre statut, vous avez découvert les vérités morales et religieuses enfermées sous le voile des mystères.

Une acclamation générale est enclenchée par Pharaon, à la suite de laquelle chacun des autres Grands Initiés vient congratuler Ahmir par une accolade.

Tous les prêtres sortent rituellement du Temple et se rejoignent sans bruit à la sortie. Cabulatin s'approche du nouveau Grand Initié.

— Ahmir, je sais que tu es à l'origine de l'admission de Baagon aux Petits Mystères, tu seras donc pour l'occasion l'interprète Sacré

C'est avec une immense joie qu'il tiendra ce rôle et que Baagon deviendra trois jours plus tard prêtre permanent sur Karnak.

Osiris, tu es parti, mais tu es revenu ; tu t'endormis, mais tu
as été réveillé, tu mourus, mais tu vis de nouveau.
Texte des pyramides, 1004 Saqqarah

CHAPITRE 23

Karnak, an 30 de Mosolan, mois de Tybi[50]

Cela fait plusieurs semaines que des émissaires ont été envoyés à travers le pays afin d'annoncer solennellement le début des festivités de la régénération de Pharaon. Les préparatifs ont été l'occasion de la mobilisation de beaucoup de ressources : bétail, statues de dieux, obélisques, jusqu'à la construction des deux pavillons jubilaires. Les Maisons de Millions d'Années entamées deux ans auparavant.

Chacune des Maisons, qui représentent les Deux Terres, est desservie par un escalier, vers le nord pour l'une et le sud pour l'autre. Situées tout près du Palais du Pharaon, elles seront au centre même des cérémonies.

Arrivé à la trentième année de son règne le Pharaon doit procéder à sa régénération ; la fête Djed est l'occasion à travers de différentes célébrations de parvenir à ce but. Les souverains qui ont pu de leur vivant assister à cette fête sont assez rares, et quand cela fut possible, ils déléguaient la réalisation de certaines épreuves. Contrairement à son

---

[50] Cinquième mois du calendrier nilotique, premier mois de la saison de Peret, correspond à novembre-décembre.

défunt père et ses ancêtres, Mosolan a décidé d'être le seul acteur de ces cérémonies, il n'a que quarante-cinq ans ; puisque devenu Pharaon à l'âge de quinze ans.

La veille des festivités, le Grand Prêtre de Karnak Cabulatin a demandé audience au Pharaon.

— Bonjour Grand Prêtre, en quoi puis-je vous aider ?

— Je viens vous faire part d'une décision et d'une requête.

— Je vous écoute.

— Depuis que vous m'avez nommé Grand Prêtre de Karnak, le poste de deuxième Prophète est resté vacant. J'ai décidé de le donner à Ahmir.

— C'est une sage décision. Et quelle est donc votre requête ?

— Qu'Ahmir m'assiste lors de la cérémonie du relèvement du pilier Djed, en y tenant le rôle d'Anubis.

— J'en serai ravi, j'accepte avec grand plaisir votre requête.

Le lendemain matin, le premier jour du mois de Tiby, date du solstice, celle même où la Lumière commence à reprendre son parcours pour vaincre les ténèbres. Alors que le Soleil se lève à peine, Mosolan sort du Palais, vêtu d'un court manteau, il se dirige vers la première des Maisons de Millions d'Années. Une foule immense l'acclame tout le long du chemin. Ce premier voyage est l'occasion pour le souverain d'aller à la rencontre de l'effigie de ses enfants transportée sur une litière : signe de l'affirmation de la descendance royale.

Arrivé au pied de l'escalier, il revêt un long manteau blanc, grimpe les quelques marches de cette première Maison, s'installe sur un trône et y met la couronne de la Haute-Égypte. S'en suivent les hommages des plus grands dignitaires du royaume, suivis du cortège des ambassadeurs étrangers qui lui déposent des offrandes et différents cadeaux. Le cérémonial sera identique sur la seconde Maison où il y recevra la couronne de la Basse-Égypte.

Quelques heures plus tard arrive l'affirmation de la force royale. Mosolan doit, par une course rituelle, prouver qu'il a toujours les capacités à régner. Habituellement, cette épreuve est réalisée par une autre personne désignée par le souverain, mais Mosolan décide de faire lui-même cette course. Le parcours choisi part des Maisons de Millions d'années, Mosolan devra courir jusqu'aux rives du Nil, puis le traverser à la nage jusqu'au débarcadère du Temple de Karnak.

Ses plus proches confidents, Ahmir et Abif, sont près de lui, ils l'ont aidé à se préparer. Mosolan est vêtu d'un pagne blanc muni d'une queue de taureau, dans sa main droite, il porte l'étui-mekes[51]. Ils ont tenté de le dissuader de réaliser ce parcours rendu très dangereux par la traversée du Nil. N'ayant pas réussi à le convaincre, Ahmir s'est attelé à lui prodiguer les conseils du nageur émérite qu'il est.

Le parcours jusqu'au fleuve se déroule sans encombre, Mosolan possède une forme physique exceptionnelle pour son âge et les encouragements de la population ont décuplé sa force et son courage. Le début de la traversée du Nil se passe facilement, mais au fur et à mesure le courant le dévie de son point d'arrivée... il doit redoubler d'efforts. Il se remémore tous les conseils d'Ahmir et parvient avec beaucoup de difficulté sur l'autre rive très épuisé.

Arrivés à Karnak, la Reine et ses enfants l'attendent ; l'inquiétude fait place à la joie immense de le retrouver sain et sauf. Il prend quelques minutes de repos et revêt de nouveau son costume initial afin de venir rendre hommage aux divinités de Karnak.

Mosolan est précédé d'un cortège de porteurs d'offrandes, et une à une, visite les chapelles du Domaine afin d'y honorer les principales divinités qui en contrepartie lui souhaiteront de nombreuses autres fêtes Sed.

---

[51] Selon les termes du discours royal, l'étui-mekes est censé contenir un décret divin rédigé par Thot. Ce document fait du pharaon, à l'instar d'Osiris et d'Horus, l'héritier de Geb, le dieu de la terre.

Un peu plus tard dans la journée, Pharaon s'est déplacé jusqu'à un point élevé de Thèbes, muni de son arc de combat, il bande au maximum la corde et tire une première flèche vers l'Est, puis une deuxième vers le Sud, une troisième vers l'Ouest et une dernière vers le Nord. Ce rituel permet au souverain des Deux Terres de montrer que sa domination s'étend sur toute l'Égypte.

Le point culminant et final de la fête Sed se déroule dans la cour du Palais, un pilier en acacia de la taille de Mosolan est couché au centre de la cour. Il s'agit du pilier Djed, il symbolise Osiris. Le pilier a été renversé par Seth, le meurtrier d'Osiris. Le relèvement permet de montrer qu'après sa mort, Osiris est ressuscité.

Pharaon arrive lentement vers le pilier, il est revêtu d'un long manteau blanc le faisant ressembler à une momie. Il joue le rôle d'Osiris, il est accompagné de la Reine qui représente Isis, puis le Grand Prêtre Cabulatin et Ahmir qui jouent les rôles de Thot et Anubis.

Un grand silence règne parmi les différents dignitaires, prêtres et privilégiés présents pour assister au relèvement. Mosolan prend à deux mains l'extrémité du pilier-Djed, et lentement le soulève pour peu à peu le mettre dans une position verticale. Aussitôt, Pharaon ôte son grand manteau blanc afin de se présenter dans sa vêture de souverain.

— Je suis celui qui se tient debout derrière le pilier Djed !

Une clameur générale vient ponctuer la fin de la cérémonie et féliciter Mosolan. Après la disparition du trafic d'Aduj, cette fête Djed vient clore une période sombre et faire renaître la Lumière au sein du royaume d'Égypte.

Ce qui donne un sens à la vie donne un sens à la mort.
Antoine de Saint-Exupéry

CHAPITRE 24

Karnak, an 31 de Mosolan, mois de Méchir[52]

Le médecin Qar est présent dans la demeure du Grand Prêtre. L'état de santé de Cabulatin l'inquiète, cela fait trois jours que le premier Prophète de Karnak ne s'alimente plus… sa voix est de plus en plus faible.

— Qar, fait venir Ahmir.

— Reposez-vous Grand Prêtre.

— Je sens qu'Amon m'appelle à lui, je sens qu'il ne me reste plus beaucoup de temps à vivre… fais venir Ahmir… je t'en prie.

Qar s'adresse à Baagon qui attend devant l'entrée.

— Va chercher le deuxième Prophète, dis-lui que le Grand Prêtre veut le voir, qu'il fasse vite.

Baagon se dirige vers la cour de la cachette où il sait qu'Ahmir donne une instruction à quelques jeunes initiés aux Petits Mystères.

— Ahmir, le Grand Prêtre souhaite te voir. C'est le médecin Qar qui m'envoie.

— Son état n'a pas évolué?

---

[52] Sixième mois du calendrier nilotique, deuxième mois de la saison de Peret, correspond à décembre-janvier.

— Je n'ai pas eu le droit de le voir.
— Prends ma place et termine l'instruction, je vais chez le Grand Prêtre.
— Je ne crois pas que…
— … Baagon, si je te le demande c'est que tu en es capable.

Même s'il a voulu paraître serein auprès des prêtres, Ahmir est très inquiet, il sent que son ami Cabulatin traverse une période compliquée. Arrivé devant la demeure du Grand Prêtre, Qar le fait pénétrer dans la pièce principale.

— Dis-moi la vérité, Qar, qu'en est-il de la santé de Cabulatin ?
— Une maladie que je connais, mais que je ne peux pas soigner.

Cette phrase, Ahmir redoutait de l'entendre prononcer par le médecin de Karnak. Il s'introduit dans la chambre de Cabulatin qui l'attend avec impatience.

— Bonjour Ahmir, je suis heureux de te voir.
— Grand Prêtre, vous m'avez l'air bien mieux…
— … je t'en prie, Ahmir reste toi-même, le mensonge te va très mal.
— Vous avez raison, mais je ne peux pas me faire à l'idée que vous puissiez nous quitter.
— Ne sois pas triste, je suis un vieil homme qui a bien profité de cette vie terrestre. J'espère simplement avoir eu une vie digne.
— Soyez-en rassuré. Vous avez été pour tous les prêtres de Karnak une lumière vers la Vérité.
— Tu m'en vois ravi. Mais ce n'est pas pour entendre ces belles paroles que j'ai demandé à te voir Ahmir.
— Je vous écoute.
— Ce matin même, j'ai fait parvenir mes dernières volontés à notre Pharaon. Je lui ai précisé qui devait naturellement devenir mon successeur… je veux bien entendu dire toi Ahmir.
— Ne croyez-vous pas qu'Habeyon ou Qar ont plus d'expérience que moi pour assurer cette tâche ?

— Certes, mais malgré tout le respect que je leur dois, ils n'atteindront jamais la grande Sagesse qui te caractérise.

— J'en suis flatté, Grand Prêtre, mais sont-ils avertis de votre décision ?

— Je l'ai fait, notre cher Habeyon en était très heureux, et Qar n'envisageait pas d'assumer cette responsabilité, son rôle de médecin lui prenant énormément de temps.

— J'accepte donc vos dernières volontés, en espérant en être digne, et d'autant plus qu'elles interviennent le plus tard possible.

Un léger sourire se dessine sur le visage fatigué et buriné par le temps de Cabulatin.

Le Grand Prêtre de Karnak décédera le soir même, dans la tristesse générale, tant il était apprécié de tous.

Dès le lendemain matin et selon les volontés du défunt, Ahmir est reçu au Palais de Pharaon afin d'y être officiellement nommé Grand Prêtre de Karnak.

L'ensemble des prophètes et pères divins sont présents, ainsi que quelques notables de Thèbes notamment Menothep et Abif.

— Ahmir, deuxième Prophète de Karnak, en respect des volontés du défunt Cabulatin, je vous nomme premier Prophète et Grand Prêtre de Karnak.

Malheureusement, la première tâche du nouveau premier prophète sera de procéder à l'embaumement de son prédécesseur, le rituel durera soixante-dix jours.

La calomnie se discrédite par l'exagération et s'use par la redite.
Émile de Girardin

CHAPITRE 25

Karnak, an 32 de Mosolan, mois de Phaminoth[53]

Une année s'est écoulée depuis la mort de Cabulatin et la nomination d'Ahmir à la tête du domaine de Karnak. Le calme et la paix semblent être revenus au sein de la cité des dieux. De nouveaux prêtres Ouêb sont entrés au service du Temple, d'autres ont eu l'honneur d'être reçus aux Petits Mystères, ce fut le cas des trois jeunes prêtres qu'avait accueillis Baagon près de cinq ans auparavant, Kerstin, Amarbi et Toufert.
— Que racontes-tu là ?
— Je t'assure Amarbi, je l'ai entendu de la propre bouche de mon père... et tu sais qu'il possède beaucoup d'amis à Thèbes.
— Je ne peux pas y croire.
À cet instant Kerstin, entre dans la pièce principale où demeurent les trois jeunes prêtres et Baagon.
— Que ne peux-tu pas croire Amarbi ?
— Ne parle pas trop fort... Baagon n'est pas avec toi ?

---

[53] Septième mois du calendrier nilotique, troisième mois de la saison de Peret, correspond à janvier-février.

— Non, il s'est occupé d'aller ranger le linge rituélique. Mais pourquoi cette question ? Et de quoi parliez-vous ?

— Vas-y, Toufert, répète-lui ce que tu m'as dit.

— Tu sais que mon père a beaucoup de relations au sein des notables de Thèbes ?

— Oui, tu n'as de cesse de nous le rappeler…

— … je t'en prie Kerstin, ce que je vais te dire est très grave.

— Je t'écoute.

— Il semblerait que le Vizir Ay use de son autorité auprès de Pharaon afin que Baagon, son fils, puisse rapidement accéder aux Grands Mystères.

— Très bien, mais en quoi cela te paraît-il grave ? Il me semble que Baagon est quelqu'un d'assez sage pour mériter un tel honneur.

— Peut-être, mais toujours d'après ce qu'a pu entendre mon père, notre Grand Prêtre suscite beaucoup de jalousie notamment par sa proximité avec Mosolan, et un certain nombre de notables à la tête desquels se trouve Ay, cherchent à lui nuire en colportant des rumeurs à son égard.

— Dans quel but ?

— Le discréditer afin qu'il soit remplacé par Baagon fraîchement reçu aux Grands Mystères.

— Je ne peux pas y croire.

— C'est exactement ce que je lui disais avant que tu n'arrives.

— Amarbi a raison, Toufert, ceci me paraît peu probable.

— J'avoue que cela me semble difficile à imaginer, mais pensez-vous qu'il faille que nous en parlions au Grand Prêtre ?

Les trois hommes réfléchissent un instant et Kerstin, le plus entreprenant des trois prend la parole.

— Je me charge de lui dire dès que nous le verrons pour notre instruction du jour.

Au même moment, Baagon fait son entrée, ce qui fait sursauter Toufert.

— Eh bien, t'aurais-je fait peur ?

— Tu connais Toufert, Baagon, son ombre lui fait peur.

— C'est vrai, mais en attendant, je viens de croiser notre Grand Prêtre qui nous attend pour l'instruction.

Des regards s'échangent, chacun cherchant à savoir si Baagon avait pu entendre leur conversation.

— Allons, arrêtez de rêvasser, le Grand Prêtre nous attend.

Les quatre prêtres quittent leur demeure et se dirigent vers la cour de la cachette où les attend Ahmir.

Kerstin ne laisse pas le temps au premier Prophète de Karnak de prendre la parole, qu'il s'adresse directement à lui.

— Grand Prêtre, il faut que je m'entretienne avec vous de quelque chose d'important.

— Est-ce si important que tu ne nous laisses pas commencer l'instruction ?

— Je ne me le serais pas permis, si ce n'était pas aussi grave.

— Je t'écoute, dans ce cas.

Kerstin regarde autour de lui inquiet.

— La présence des autres prêtres te dérangerait-elle ?

— Je ne suis pas sûr que ce que j'ai à vous dire puisse être entendu par tout le monde ; il s'agit d'un fait qui m'a été raconté sur vous.

— Pour en être certain, as-tu passé aux trois tamis de Maât ce que tu souhaites me dire ?

Chacun des prêtres écoute attentivement les paroles d'Ahmir et paraît surpris de cette question.

— Les trois tamis de Maât ? Non, de quoi s'agit-il ?

— Maât, la déesse de l'équilibre, de la justice, est également celle de la Vérité, elle possède trois tamis capables de déceler la justesse de la parole et celle des actions.

— Je ne comprends pas.

— Le premier tamis est celui de la Vérité. As-tu vérifié si tout ce que tu veux me dire est vrai ?

— Non, je l'ai entendu dire.

— Bien, mais j'imagine que tu l'as fait passer par le deuxième tamis, celui de la Bonté.

— Que voulez-vous dire ?

— Ce que tu souhaites m'entretenir, même si ce n'est pas assurément vrai, est-ce quelque chose de bon ?

— Non Grand Prêtre, bien au contraire.

— Hum ! Essayons de nous servir du troisième tamis de Maât. Serait-il utile de me raconter ce que tu as à me dire ?

— Utile ? Pas précisément...

— Eh bien ! dit Ahmir d'un air rieur. Si ce que tu veux me dire n'est ni vrai, ni bon, ni utile, je préfère ne pas le savoir, et quant à toi, je te conseille de l'oublier.

Kerstin, et ses camarades restent abasourdis par la démonstration d'Ahmir et n'osent plus lui rapporter les propos de Toufert.

— Grand Prêtre, j'imagine que notre leçon du jour vient de prendre fin.

— Tu penses bien Baagon.

La différence entre un jardin et un désert, ce n'est pas l'eau,
c'est l'homme.
Proverbe Touareg

C H A P I T R E   2 6

Karnak, An 33 de Mosolan, mois de Pachon[54]

Les quatre prêtres attendent le Grand Prêtre, derrière leur maison auprès du potager. Chaque résident du domaine possède une petite parcelle afin d'y cultiver quelques légumes pour leurs besoins personnels.

— Vous ne trouvez pas étrange qu'il nous ait demandé de nous retrouver ici ?

— Peut-être souhaite-t-il nous enseigner ses talents de jardinier ?

— Et toi, Baagon, es-tu au courant de quelque chose ?

— Ne vous dispersez pas dans vos interprétations, et recentrez-vous, le voici qui arrive.

Ahmir s'approche, sa simple présence inspire le respect, chacun est attentif à ce qu'il va bien pouvoir leur dire.

— Saviez-vous que ce potager peut nous en dire beaucoup sur ses jardiniers ?

_____

[54] Neuvième mois du calendrier nilotique, premier mois de la saison de Chémou, correspond à mars-avril.

— Je ne vois pas comment de simples légumes peuvent nous aider à comprendre les hommes, s'étonne Toufert.

— Alors regardons de plus près la parcelle de votre demeure, elle est divisée en quatre plus petites appartenant à chacun d'entre vous.

— C'est exact.

— Pensez-vous qu'il me serait possible d'attribuer chaque lot à la bonne personne ?

— Nous connaissons votre grande perspicacité, mais cela nous semblerait bien compliqué.

— Ce petit coin de potager, vous en prenez soin, vous binez, vous sarclez, vous récoltez depuis des années maintenant.

— Il est vrai.

— Vous y effectuez tous les mêmes gestes, pourtant vous n'obtenez pas les mêmes résultats.

— Comment expliquez-vous cela ?

— Observez cette partie, il s'agit sans nul doute de l'œuvre de Baagon.

— C'est bien le cas, mais comment le savez-vous ?

— Les légumes sont les plus beaux, l'équilibre est presque parfait, pratiquement aucune mauvaise herbe n'est présente.

— Sauriez-vous dire quelle est ma partie de potager ? Demande Kerstin.

— Assurément, celle-ci. Elle ressemble un peu à celle de Baagon, mais avec encore beaucoup de mauvaises herbes arrachées, mais toujours présentes ; ce qui ne met pas en valeur tes légumes. Tu as beaucoup de potentiel, mais tu oublies l'essentiel.

— Et moi ? Demande Amarbi.

— Celle-ci, ton ignorance des légumes t'a fait commettre l'erreur d'associer deux plantes qui ne peuvent grandir ensemble. De ce fait, ce sont les mauvaises herbes qui ont pris le dessus. Et tout naturellement, la dernière parcelle appartient à Toufert, tout comme tes camarades les mauvaises herbes sont nombreuses et ton ambition t'a joué des tours, en voulant planter un maximum de légumes, tu ne leur as pas donné de place pour qu'ils puissent se développer.

— Que devons-nous en conclure ? Demande Baagon.

— Ce jardin représente notre jardin intérieur, si nous laissons les mauvaises herbes se prospérer, et que nous ne prêtons pas attention à nos légumes, nous ne ferons plus la différence entre les deux.

— Grand Prêtre, je suis désolé, mais je ne comprends pas. S'inquiète Amarbi.

— Les mauvaises herbes symbolisent le savoir inutile et les légumes, la connaissance que nous recherchons, la Vérité, pour pouvoir la faire grandir afin qu'elle renaisse plus belle que jamais, il nous faut prêter attention à ce mal qui insidieusement nous envahit jusqu'à faire disparaître la Vérité.

— Est-ce que cela signifie que Baagon est plus proche de la Vérité, que nous ne le sommes tous les trois ? s'interroge Kerstin.

— Exactement, c'est pourquoi Baagon sera admis dès demain au degré intermédiaire.

Une joie se lit dans les yeux de Baagon.

— Merci pour votre confiance Grand Prêtre.

— Quant à vous, continuez à entretenir votre jardin intérieur comme vous le ferez dorénavant avec celui-ci. Et peut-être à votre tour, serez-vous prêts ?

Quelques mois plus tard, Toufert, Kerstin et Amarbi ont profité des conseils de Baagon et enfin être digne, à leur tour, d'être admis au troisième degré.

Dès la fin de cette cérémonie, ils sortent ensemble du Temple et Baagon les y attend afin de les féliciter.

— Je suis heureux des progrès que vous avez accompli, vous méritez amplement ce que vous venez de vivre.

— Merci à toi, Baagon, tu nous as été d'un immense soutien.

Ahmir s'approche du petit groupe pour à son tour complimenter les trois hommes.

— Nous avons vécu une belle cérémonie, je suis fier de vous.

— Merci, Grand Prêtre, dans combien temps pensez-vous que nous pourrons être reçus aux Grands Mystères ? s'interroge Toufert.

— Je reconnais bien là ton impatience.

— Veuillez m'excuser.

— Chacun est promis à cette destinée, mais il faut savoir maîtriser son enthousiasme.

Le bien suprême de l'âme est la connaissance de Dieu ; et la
vertu suprême de l'âme, c'est connaître Dieu.
Spinoza

CHAPITRE 27

Karnak, an 34 de Mosolan, mois de Thout[55]

Ahmir et Baagon se promènent en discutant sur les bords du lac sacré. Les deux hommes sont devenus très proches depuis que Baagon a été accusé à tort et qu'Ahmir l'ait toujours soutenu. Ce n'est que durant ces moments d'intimités qu'ils peuvent laisser paraître cette amitié, jamais face aux autres prêtres.

— Baagon, je suis vraiment très heureux de ton parcours au sein de Karnak, j'envisage de te recevoir aux Grands Mystères.
— M'en crois-tu assez digne ?
— Je le pense.
— Est-ce l'ami ou le Grand Prêtre qui parle ?
— Les deux…

En arrivant devant la porte de la demeure de Baagon, une violente dispute se fait entendre, puis un bruit de casse.

Ils entrent promptement dans la maison. Ahmir s'adresse aux trois prêtres.

---

[55] Premier mois du calendrier nilotique, correspond à juillet-août.

— Lequel d'entre vous pourrait me dire pourquoi cette jarre est brisée au sol ?

— Grand Prêtre, dit Amarbi, j'ai été surpris par l'altercation de mes deux camarades, et… et j'ai dû par inattention faire tomber la jarre à terre.

— Ce n'est pas la bonne réponse.

Les trois hommes sont interloqués par la remarque d'Ahmir, ils tentent un regard vers Baagon, qui n'exprime, quant à lui, aucun étonnement. Toufert entreprend une autre réponse.

— Grand Prêtre, je suis désolé, mais la jarre m'était destinée et Kerstin voulait me la prendre… j'ai dû la briser de colère.

— Ce n'est pas la bonne réponse.

Du nouveau la phrase d'Ahmir laisse figés les trois hommes. Kerstin tente à son tour une explication.

— Grand Prêtre, je suis fautif, comme la jarre ne m'était pas destinée, j'ai dû la briser par jalousie.

— Ce n'est pas la bonne réponse.

— Mais Grand Prêtre, le coupable est pourtant l'un d'entre nous.

— Il ne me semble pas vous avoir demandé de désigner un responsable. Ma question était pourquoi… et non par qui.

Les trois prêtres attendent avec attention la suite de l'explication du Grand Prêtre. Baagon esquisse un léger sourire, ayant vécu une situation similaire, il y a quelques années.

— La raison pour laquelle des morceaux de jarre jonchent le sol, c'est que la jarre est fragile.

La réponse paraît encore plus énigmatique qu'ils ne le pressentaient.

— Maintenant, imaginez que la jarre ce soit votre âme ; son contenu, votre quête de vérité. Tant que cette âme ne sera pas aussi pure et solide que le diamant, votre quête se déversera sur le sol. Vous ne pourrez jamais détruire l'inattention, la colère ou la jalousie… elles sont en chacun de nous… maîtrisez-les, et ne laissez entrer dans vos âmes que Bienveillance, Amour et Générosité. C'est la seule façon de consolider la jarre.

— Je crois que vous avez compris la leçon du jour mes amis, conclut Baagon.

— La quête est longue vers les Grands Mystères, mais persévérez et vous serez alors dignes d'être admis parmi les Grands Initiés.

Malheureusement, le Grand Prêtre Ahmir n'aura pas l'occasion de voir ces trois jeunes prêtres accéder à cet honneur, il sera retrouvé mort, trois jours plus tard.

La tristesse n'est qu'un mur entre deux jardins.
Khalil Gibran

CHAPITRE 28

Le matin de la mort d'Ahmir à Karnak

Habeyon et les trois prêtres sont toujours là depuis plus de deux heures... sans un mouvement... sans un bruit. Le Temple de Karnak semble totalement abandonné tant le silence est intense. Le prêtre liturgique est encore sous le choc de la découverte du corps du Grand Prêtre Ahmir. Ils sont tous les quatre postés dans l'attente de Pharaon que Toufert, jeune Père Divin de Karnak est parti quérir sous l'ordre d'Habeyon. Ce dernier ne peut pas se retirer l'image de Kerstin agenouillé près du cadavre dans une mare de sang ; il ne comprend pas pour quelle raison il aurait commis cet horrible acte ; il doute, mais les faits sont clairs, peut-être trop clairs ; il se demande s'il a bien agi en envoyant Kerstin chez le médecin... ne va-t-il pas tenter de s'enfuir ?

— Écartez-vous !

La voix de Pharaon vient de retentir dans la Grande Cour, il est accompagné d'une douzaine de gardes commandés par le Général Abif. Les prêtres s'écartent et Mosolan se porte à la hauteur d'Habeyon. Il reste figé à la vue de son ami mort... une énorme douleur monte en lui.

Habeyon observe son Pharaon qui le domine de plus d'une tête, il n'ose prendre la parole. Rapidement, quelques larmes naissantes apparaissent sur les joues du souverain. La même douleur se lit sur le visage du Général Abif. D'une voix douce et lente, Mosolan s'adresse au prêtre liturgique.

— Habeyon, qu'est-il arrivé ?
— Un Père Divin a découvert ce matin Ahmir assassiné, et près du corps se trouvait Kerstin, un autre jeune Père Divin du Temple.
— Ce Kerstin, où est-il ?
— Je l'ai envoyé chez notre médecin Qar, mais accompagné par deux prêtres dont Baagon pour m'assurer qu'il ne s'enfuit.
— Le crois-tu coupable ?
— Je dois vous avouer que j'en doute... mais les faits sont accablants à son encontre.
— Mais pourquoi aurait-il commis cet atroce crime ?
— Je n'ai pas de réponse à cette question Pharaon.
— Habeyon, de nouveau l'Isfet semble s'être installée dans ce Temple, Maât est en péril... nous devons découvrir la vérité.

Mosolan fait signe à Abif de le rejoindre.

— Abif, Maât va encore avoir besoin de tes services, cet horrible crime ne doit pas rester impuni. Je te donne les pleins pouvoirs, interroge qui tu veux, tout le monde doit être suspecté même ton Pharaon.
— J'en fais une affaire personnelle, Ahmir était également mon ami et qui que ce soit, il devra répondre de son crime. Je m'y engage devant Maât.
— Une dernière chose Abif, assure-toi que le sol ne soit pas nettoyé du sang de notre Grand Prêtre tant que le coupable ne sera pas retrouvé... il devra le nettoyer lui-même.

Abif retourne auprès de ses soldats pour donner ses ordres.

— Que sept d'entre vous restent ici et empêchent l'entrée au Temple de Séthi II ! Vous deux, chargez avec la plus grande délicatesse le corps du Grand Prêtre sur une civière et emmenez-le chez le médecin de Karnak.

Abif s'aperçoit qu'il manque une sandale au pied d'Ahmir.

— Doucement ! Où se trouve sa deuxième sandale ?

— Elle n'est pas près du corps Général.

— Vous deux, allez me la retrouver !

Il rejoint de nouveau Pharaon et Habeyon.

— Les ordres ont été transmis, je vous demanderai, maintenant de tous quitter le Temple afin que je puisse commencer mon enquête.

La foule des curieux s'exécute, ainsi que le souverain.

— Pharaon, puis-je vous parler ?

— J'imagine être la première personne que tu souhaites interroger Abif ?

— Comme vous le demandiez, je ne dois rien négliger. Quand avez-vous vu pour la dernière fois Ahmir ?

— Hier soir, je tenais à lui offrir une jarre de vin provenant des vignes du Palais... je pense être l'un des derniers à l'avoir vu vivant

— Vous êtes donc innocent.

— Je le sais, mais pourquoi l'affirmes-tu ?

— J'ai croisé Ahmir sortant du Palais avec cette jarre, il m'a indiqué qu'il était pressé ; il devait fermer la porte du Temple d'Amon.

— Abif, tu dois découvrir l'assassin de notre ami... ce crime ne doit pas rester impuni.

— J'ai déjà une certitude : son meurtrier l'a poursuivi jusqu'au lieu de son assassinat.

— Comment en être aussi sûr ?

— Il lui manque une sandale, il a dû la perdre en essayant d'échapper à son meurtrier. J'ai envoyé des hommes à sa recherche.

— Mais quelque chose me paraît étrange, peu d'individus auraient eu la stature assez imposante pour le faire fuir.

— Je n'en connais malheureusement qu'un seul.

— Baagon !

— Je ne peux pas me faire à cette idée, il était son ami.

— Ne néglige aucune piste Abif, même si elle devait t'amener à cette triste conclusion.

— Je vais voir Qar et m'assurer que le corps d'Ahmir sera examiné avec le plus grand respect. Ainsi nous pourrons commencer à envisager le nom de quelques suspects... en espérant que la piste de Baagon disparaisse.

CHAPITRE 29

Karnak, près du Lac Sacré

Abif se dirige vers la maison de médecine où le corps d'Ahmir a été transporté afin que Qar l'examine.

— Général !

— Auriez-vous retrouvé la sandale du défunt ?

— Non, nous la recherchons toujours, mais nous avons fait une découverte étrange près de la porte du Temple d'Amon.

— Qu'entends-tu par étrange ?

— Une jarre de vin.

— Montre-moi ! Vite !

Abif ne veut pas perdre de temps, il doit s'agir de la jarre offerte par Mosolan.

— La voici.

La jarre est bien au sol, mais encore intacte. Abif se souvient de cette légende que lui rappelait régulièrement Ahmir à propos d'une jarre brisée. L'agresseur a certainement voulu détruire l'âme de son ami... mais elle est trop pure.

Soudain, son regard s'attarde sur la porte du Temple d'Amon.

— Les scellées ! Quelqu'un d'entre vous y a-t-il touché ?
— Personne, Général.
— Le meurtre a donc eu lieu hier soir.
— En êtes-vous certain ?
— Allez déposer cette jarre dans la résidence du Grand Prêtre et retrouvez-moi cette sandale !
— Bien général.

Abif retourne vers la maison de médecine accompagné de deux gardes, sur le chemin il repense à ses nombreuses rencontres avec celui qui au fil du temps est devenu un ami, un confident. Il se remémore les longues discussions pleines de sagesse qui embellissaient leurs balades. Ce crime ne doit pas rester impuni, il mettra tout en œuvre pour démasquer le coupable.

Arrivé sur place, il décide d'interpeller immédiatement Kerstin dont le pagne blanc porte toujours les traces du sang de la victime.

— Quel est ton nom ?
— Kerstin, mais, mais… Je suis innocent !
— Ce sera à moi d'en juger, répond-il d'un ton ferme. Explique-moi pourquoi tu as le sang de ton crime sur toi ?
— Je peux l'expliquer, répond alors Amarbi pour tenter de disculper son camarade.
— Et toi qui es-tu ?
— Mon nom est Amarbi. C'est moi qui suis arrivé sur le lieu du drame et qui ai découvert Kerstin en pleurs agenouillé près du corps de notre regretté Grand Prêtre. C'est à ce moment-là que le sang s'est déposé sur son pagne.
— Et Baagon, que fais-tu ici ?
— J'ai reçu l'ordre d'Habeyon d'escorter Kerstin chez le médecin afin de m'assurer qu'il ne tente de s'enfuir.
— Toi, escorte le suspect et ses camarades dans leurs quartiers et empêche-les de sortir tant que je ne les aurai pas interrogés… je déciderai alors du sort de Kerstin.

Les quatre hommes sortent promptement.

— Quant à toi, Qar, poursuit Abif, je te confie le corps de la victime afin de découvrir ce qui a provoqué la mort, je reviendrai dans l'après-midi pour entendre tes conclusions.

— Je m'en occupe immédiatement.

— Et je te conseille de ne pas tenter de me leurrer, tu es également un suspect potentiel.

— Comment oses-tu ?

— Pharaon m'a donné les pleins pouvoirs pour agir. S'adressant au deuxième garde, toi reste ici et surveille ses moindres faits et gestes.

Abif se dirige vers l'ensemble des maisons des prêtres situées près du lac Sacré, il est surpris de ne pas y voir le couple d'ibis qui y avait trouvé refuge depuis la réception d'Ahmir aux Petits Mystères… serait-ce un signe ?

Il entre dans la demeure des premiers suspects. Kerstin est assis en silence, Baagon ne le lâche pas du regard, les deux autres expliquant que leur camarade ne peut être l'assassin du Grand Prêtre.

Abif reconnaît Toufert, celui-là même qui l'a prévenu du drame.

— Silence !

Tous les protagonistes surpris se retournent vers Abif qu'ils n'avaient pas entendu entrer.

— Baagon, peux-tu me dire ce que tu faisais hier soir ?

— J'étais souffrant et je me suis couché de bonne heure.

— Quelqu'un peut-il le prouver ?

— Le médecin Qar est venu m'administrer un calmant.

— Et toi ? S'adressant à Amarbi.

— Comme vous l'a dit Baagon, Qar est passé pour lui donner un médicament et une fois le départ du médecin, nous avons veillé tous les trois sur notre ami, et nous nous sommes endormis également rapidement.

- L'un d'entre vous aurait-il remarqué quelque chose d'étrange dans la journée d'hier ?
- Mon rasoir a disparu.
- J'espère pour toi qu'il ne s'agit pas de l'arme du crime, Baagon.
- Ce serait horrible.
- Et vous trois ?
- Je ne sais pas si c'est important, précise Toufert, mais Habeyon attendait Qar devant notre demeure, nous les avons vus discuter.

Les trois autres prêtres confirmeront les dires de Toufert.

Abif se rend dans les appartements d'Habeyon afin de tirer au clair sa présence avec Qar devant la maison des quatre prêtres.

Il le retrouve en pleine discussion avec un groupe de jeunes prêtres.
- Habeyon, puis-je vous parler un instant ?
- Oui, Abif, quant à vous rentrer dans vos demeures, nous viendrons vous interroger plus tard.
- De quoi parliez-vous ?
- Je les rassurai, ils sont très inquiets, ils ne comprennent pas pourquoi notre Grand Prêtre a été retrouvé mort.
- Je compte bien le découvrir.
- Et comment puis-je t'aider dans cette tâche ?
- Que faisiez-vous avec Qar hier soir devant la maison de Baagon ?
- Je l'avais accompagné pour connaître son état de santé.
- C'est étrange... vous auriez pu attendre son retour.
- À vrai dire, j'étais inquiet.
- Pour quelle raison ?
- En milieu de matinée, Baagon est venu me voir pour me signaler la perte de son rasoir et il était déjà très pâle. Je lui ai aussitôt dit d'aller voir Qar. Mais notre médecin n'arrivait pas à comprendre ce qui le touchait. C'est pourquoi je l'ai accompagné pour m'assurer qu'il n'y avait rien de grave.
- Je saisis, mais aujourd'hui il m'est apparu en excellente santé.

— C'est vrai… Qar a fait des miracles.

— C'est possible…

Abif quitte Habeyon avec la troublante sensation que Baagon n'est peut-être pas étranger à l'assassinat de son ami.

La vérité pure et simple est très rarement pure et jamais simple.
Oscar Wilde

CHAPITRE 30

L'après-midi à Karnak

Après s'être assuré que ses ordres étaient bien respectés au niveau du lieu du crime, Abif se dirige vers la demeure du médecin Qar qu'il a chargé d'autopsier le corps d'Ahmir. Il retrouve devant la porte le garde affecté à la surveillance du médecin.

— Que fais-tu à l'extérieur, et où se trouve Qar ?

— Il est allé soigner un jeune prêtre qui a fait un malaise… le voici justement.

— Je suis désolé, Abif, j'ai été appelé pour un souci de santé, mais ton garde s'est assuré que personne ne viendrait toucher le corps.

— Très bien, mais que peux-tu me dire sur la mort du Grand Prêtre ? Le ton d'Abif est sec.

— Entrons et je vais t'expliquer ce que j'ai découvert.

Les trois hommes pénètrent dans le cabinet où se trouve le corps de la victime allongé sur une table de bois au milieu de la pièce.

— Je t'écoute et surtout sois précis et clair.

— J'ai relevé plusieurs traces sur le corps d'Ahmir, à commencer par celle-ci sur l'avant de l'épaule gauche.

Abif se penche et observe effectivement un grand hématome de forme ronde.

— Qu'est-ce qui a provoqué cette blessure, lui a-t-elle été fatale ?
— Le coup a dû le faire tituber et en aucun cas le tuer, cependant je ne saurai identifier l'arme, simplement qu'elle est de forme ronde ou ovale.
— Poursuis.
— J'ai trouvé une deuxième marque, au niveau de la nuque, côté droit. Comme tu peux le voir, celle-ci est de forme plus allongée. Et là, je serais plus précis en te disant qu'il doit s'agir d'une arme en bois.
— Et comment peux-tu l'affirmer ?
— J'ai extrait une petite écharde que voici.
— Et cette blessure fut-elle fatale ?
— Douloureuse très certainement, mais tout juste assez pour étourdir le Grand Prêtre.
— Il a donc été égorgé debout... quel homme est capable d'une telle horreur... et pour quelle raison...
— ... Kerstin est ton coupable, il a toutes les capacités physiques pour avoir commis ce crime.
— Ahmir m'a toujours appris qu'il fallait systématiquement être prudent sur les informations que l'on reçoit ; il faut écouter toutes les idées sans préjugés afin de se forger une opinion juste, sinon il ne s'agit que d'un avis et non d'une vérité.
— Tu le crois innocent ?
— Je n'en sais rien pour le moment. Mais que peux-tu me dire de plus sur ce coup fatal ?
— L'arme doit être une dague bien aiguisée ; voici comment je vois le déroulé de la scène : Kerstin, euh... l'assassin s'est présenté devant Ahmir et lui a asséné un coup sur l'épaule gauche, Ahmir s'enfuit, et reçois un coup sur la nuque par derrière puis le

criminel sort une dague en se portant derrière Ahmir, qui tentait de nouveau de fuir, et... l'égorge. Compte tenu du sens des coups, je peux t'affirmer qu'il s'agit d'un droitier.

— C'est possible, mais permets-moi d'être plus prudent.

— Très bien, mais pour l'heure du crime, j'estime qu'il a eu lieu juste avant le coucher du soleil hier soir.

— Et sur quoi étayes-tu cette affirmation ?

— Par l'état du corps et l'assèchement du sang sur le lieu du crime.

— Je suis arrivé à la même conclusion que toi. Mais ce qui me conforte dans cette idée c'est qu'il portait encore sa pardalide, le crime ne peut donc avoir eu lieu qu'après la dernière cérémonie.

— Je n'y avais pas songé. Mais que fait-on du corps ? Il ne peut pas rester ici.

— L'embaumeur du palais va venir récupérer la dépouille d'Ahmir avant ce soir. En attendant pour m'assurer que personne ne touche au corps, un garde va se poster ici.

— Tu ne me fais toujours pas confiance ? Je pense avoir donné des gages suffisants pour que je ne sois plus considéré comme suspect.

— Reste prudent mon cher Qar, ceci n'est que ton avis et nous sommes encore loin de la vérité.

— J'avais trop de respect pour Ahmir, je n'aurai jamais fait cela...

— ... Comme la totalité des résidents de Karnak, pourtant le meurtrier se trouve bien ici... Justement, que peux-tu me dire sur l'état de santé de Baagon ?

— Baagon ? Non ! Il était bien trop proche du Grand Prêtre.

— Réponds à ma question.

— Eh bien, il est venu me voir hier matin sur les conseils d'Habeyon, son état de santé était assez étrange ; je n'arrivai pas à expliquer ses symptômes ; je lui ai donné une concoction de plantes apaisantes, mais cela ne s'est pas amélioré dans la journée ; je lui ai préparé un calmant pour la nuit qui a visiblement réussi à le guérir.

— T'es-tu rendu seul chez Baagon ?

— Non, Habeyon était très inquiet, il a voulu m'accompagner pour être rassuré.

En sortant de chez Qar, il croise un soldat qui escorte l'embaumeur du Palais venu récupérer le corps d'Ahmir, le soldat lui précisant que la sandale disparue reste introuvable.

Cette nouvelle agace fortement le général, c'est avec de nombreuses interrogations qu'il s'en retourne au Palais afin de faire un compte-rendu à Mosolan.

La traversée du Nil lui paraîtra bien longue et de retour à Thèbes, il se dirige rapidement sur la terrasse du Palais où l'attend Pharaon.

— Je t'écoute Abif.

— Pour commencer, le crime s'est déroulé hier soir après son retour sur Karnak.

— Comment peux-tu être aussi affirmatif ?

— Il avait encore sa pardalide et la porte du Temple d'Amon n'était pas scellée… Nous avons d'ailleurs retrouvé la jarre de vin que vous lui aviez offerte près de cette porte ; il semblerait qu'il a été surpris par son meurtrier qui a dû le poursuivre jusqu'au lieu de son assassinat.

— As-tu des preuves ?

— Il a perdu une sandale dans cette fuite… nous sommes toujours à sa recherche. Et selon les premières conclusions du médecin Qar, il a reçu deux coups… avant d'être égorgé.

— Des suspects ?

— Je peux d'ores et déjà en écarter quelques-uns.

— Qui ?

— Vous et moi ; nous étions ensemble au moment du crime.

— Je n'aurai pas imaginé un instant que tu puisses être coupable Abif.

— Habeyon aurait pu commettre le crime, pour devenir le nouveau Grand Prêtre.

— Je n'y crois pas, mais poursuis.

— Il n'a pas d'alibis au moment du meurtre, le dernier à l'avoir vu est Qar, lui aussi pouvait ambitionner la place d'Ahmir.

— Je n'y crois pas non plus Abif, il m'avait même encouragé à nommer Ahmir.

— J'ai malheureusement un autre suspect : Baagon.

— Pourquoi ?

— Son problème de santé est assez étrange, sa guérison rapide aussi d'ailleurs. Je suspecte qu'il ait pu simuler pour que Qar lui prépare un calmant qu'il aurait ensuite donné aux trois autres prêtres afin qu'ils s'endorment rapidement et ainsi se créer un alibi.

— Mais pour quel motif ?

— C'est bien là le problème, mais la disparition de son rasoir m'apparaît également bien suspecte.

— Et ce Kerstin, après tout il a été retrouvé près du corps.

— Les autres prêtres l'ont disculpé, ils étaient tous ensemble au moment du crime.

— Continue à suivre toutes les pistes Abif, nous devons démasquer l'auteur de cet horrible assassinat.

— J'ai organisé une reconstitution demain matin à Karnak, j'espère en découvrir un peu plus.

CHAPITRE 31

Le lendemain matin au Temple de Karnak

Abif et quatre de ses soldats sont présents devant la porte du Temple d'Amon ; toujours accompagné d'un prêtre qui s'assurera qu'aucun lieu ne soit profané. Il désigne l'un de ses hommes pour jouer le rôle d'Ahmir.

Ce dernier se place derrière lui et fait le geste d'un coup sur l'épaule gauche… assez difficile pour un droitier.

— Cela ne tient pas… même avec la corpulence du Grand Prêtre, un coup dans le dos l'aurait assurément assommé.

Il refait la même scène, mais face à lui. Et cette fois, Abif semble satisfait.

— Bien sûr ! C'est évident ! Ahmir connaissant le coupable… ils parlaient ensemble lorsque le scélérat lui a asséné un coup qu'Ahmir a amorti, ce qui a eu pour conséquence de lui faire lâcher sa jarre de vin… ensuite, il s'en est enfui un peu abasourdi.

Abif regarde autour de lui, et se met à la place de son ami. Vers où fuir pour échapper à son agresseur ?

— La salle hypostyle !

— Général ?

— Il s'est enfui vers la salle hypostyle afin de bénéficier de son obscurité. Suivez-moi !

Munis d'une torche Abif et ses hommes recherchent dans les coins les plus sombres, et l'un d'entre eux retrouve au pied d'une colonne la sandale d'Ahmir.

— C'est ici qu'il a certainement reçu son deuxième coup à la nuque. Allons jusqu'à l'endroit où a été trouvé le corps.

Le petit groupe se dirige jusqu'au pied de la colonne où Le Grand Prêtre a été retrouvé mort par Kerstin. Le sang séché y est toujours présent selon la volonté de Pharaon. Il demande à l'un des soldats de s'allonger dans la même position que le défunt.

— Quelque chose ne va pas.

— Je vous assure général, c'est bien comme cela que le corps a été retrouvé.

— Je ne parle pas de cela. La position du corps suggère qu'il a été égorgé alors qu'il était dos à ce mur.

— Oui, mais où est le problème ?

— Nous savons que le coupable est droitier et le coup sur la gorge indique un gaucher puisqu'il était face à lui à ce moment.

— Se pourrait-il qu'il y ait deux meurtriers ?

— Je le crains. J'ai l'impression que l'histoire se rejoue… plusieurs complices, dont un gaucher.

Son enquête semble bien avancée. Il décide de se rendre chez Qar, afin de confirmer ses hypothèses avec les blessures retrouvées sur le corps d'Ahmir.

En arrivant sur place, Qar paraît soucieux. Abif lui décrit ses découvertes.

— … Euh, oui, ce que tu me dis est tout à fait possible.

— Que t'arrive-t'il, Qar ?

— Non… rien, je suis encore perdu par la mort de notre Grand Prêtre.

— Comme nous tous, mais nous devons…

Abif voit à cet instant une grosse malle ouverte qui semble être le sujet de préoccupation du médecin. Il se déplace pour y voir son contenu, quand Qar s'empresse de la refermer, et s'assied dessus.

— Lève-toi ! Ne m'oblige pas à user de la force !

— Je t'assure Abif, je n'y suis pour rien... je ne comprends pas !

Le général s'approche du coffre et l'ouvre lentement. Au-dessus d'un amoncellement d'affaires personnelles, il découvre un rasoir encore plein de sang.

— Emparez-vous de lui !

— Je te jure que je n'y suis pour rien ! Je l'ai trouvé il y a quelques minutes, quelqu'un a dû le déposer pour m'accuser !

— Tais-toi ! Emmenez-le à Thèbes où je l'interrogerai ! Vous deux, fouillez cette maison.

Au bout de quelques minutes, l'un des soldats revient avec un bracelet

— J'ai trouvé ceci caché dans une jarre.

— Crois-tu que cela va faire avancer notre enquête ?

Après avoir réprimandé le soldat, Abif qui s'apprête à repartir se retourne soudainement.

— Montre-moi de nouveau ce bracelet !

— Le voici.

— Finalement, je le prends avec moi.

En sortant, Abif découvre une scène lui rappelant son ami Ahmir, sur le bord du lac Sacré, un prêtre Ouêb, un battoir à la main et une pierre ronde, est en train de laver le linge rituélique. Ces gestes presque anodins renforcent Abif dans son désir de découvrir rapidement l'auteur de ce terrible drame.

CHAPITRE 32

Le lendemain au Palais de Pharaon

Mosolan a convoqué Habeyon dans la Grande Salle d'Audience.
— Pharaon, vous vouliez me voir ?
— Habeyon, tu n'es pas sans savoir que nous avons arrêté Qar ?
— Oui, et je le déplore.
— Sache que nous avons des preuves incontestables contre lui.
— J'en suis très triste, notre médecin a toujours été d'une grande fidélité à Karnak et notre Grand Prêtre disparu.
— Malheureusement, nous savons tous les deux que l'Isfet se déplace souvent bien caché.
— Ahmir en a été victime... malheureusement.
— Habeyon, je t'ai fait venir pour te nommer officiellement au poste de Grand Prêtre de Karnak.
— Je ne sais pas si je peux l'accepter, je ne pense pas être à la hauteur de la tâche.
— Je sais qu'Ahmir avait une grande confiance en toi, il serait de mon avis. Karnak a besoin d'une autorité officielle pour maintenir l'harmonie.
— J'assumerai donc.

— Parfait, j'ai demandé à Abif de nous rejoindre pour que tu sois tenu au courant de l'avancée de son enquête.

Mosolan requiert l'entrée du Général Abif.

— Bonjour Grand Prêtre, je suis heureux de vous voir succéder à Ahmir.

— Je te remercie Abif, mais as-tu pu faire parler Qar ?

— Malheureusement, il n'a de cesse de clamer son innocence... mais j'ai un nouvel élément qui va très certainement l'aider à parler.

— Quel élément ?

— Je vous propose de venir avec moi pour l'interroger une nouvelle fois... vous comprendrez à ce moment-là.

Pharaon, le Grand Prêtre et Abif se dirigent vers la prison de Thèbes accompagnés d'une modeste escorte de gardes.

Qar est introduit dans la petite salle d'interrogatoire, il est surpris d'y voir Mosolan et Habeyon. Abif s'adresse directement à lui en brandissant le bracelet retrouvé dans sa demeure.

— Tu reconnais ceci ?

Oui, mais...

— ... figure-toi que moi aussi j'ai fini par me souvenir de ce bracelet. Je me suis remémoré la description qui m'a été faite il y a quelques années d'un bracelet similaire... Il s'agit de celui de Nemeth !

Mosolan et Habeyon sont surpris par cette affirmation qui leur rappelle les moments troubles que Karnak a traversés sous la coupe d'Aduj.

— Je vais te dire ce qui s'est passé. Ahmir a certainement vu ce bracelet chez toi, il a fait la même conclusion que moi et s'est souvenu de la voix du complice d'Aduj qui n'a jamais été retrouvé... la tienne ! Et c'est pour cela que tu l'as assassiné !

— C'est faux ! je n'ai tué personne, ce bracelet je l'ai trouvé sur le débarcadère le lendemain du meurtre de Nemeth !

— C'est vrai, tu n'as pas tué les deux. Je suis certain qu'il s'agit de deux meurtriers différents. Je vais m'en remettre à Maât pour découvrir lequel tu as tué, comme je l'avais fait avec Ay en son temps.

Abif se saisit de la lance d'un garde et la jette lentement vers Qar, qui la rattrape de la main gauche.

— Qar, tu viens de te dédouaner du meurtre de Nemeth, mais pas de celui d'Ahmir.

— Comment cela ?

— L'assassin de Nemeth était droitier, comme Aduj… mais celui de mon ami assurément gaucher. Enfermez-le !

— Non Abif ! Je vous en conjure Pharaon ! Je ne suis pas coupable, j'ai une preuve chez moi qui peut m'innocenter.

— Parle !

— C'est vrai, j'étais bien le complice d'Aduj, mais je n'étais qu'à ses ordres. Nous avions un profond mépris pour Ahmir, mais j'ai su au fil du temps découvrir un homme admirable pour qui j'avais le plus grand respect. Ce que vous trouverez chez moi me disculpera définitivement.

— Nous vérifierons cela demain après-midi après la cérémonie d'embaumement de notre défunt Grand Prêtre… j'espère que tu dis vrai.

CHAPITRE 33

Le lendemain

Quatre jours se sont écoulés depuis la mort d'Ahmir ; un embaumeur a transporté le corps en bateau sur la rive ouest du Nil, sur le lieu de l'embaumement dans le domaine des morts.

Ses plus proches amis ont souhaité être présents pour l'occasion, Mosolan et Abif au premier chef, mais également le nouveau Grand Prêtre Habeyon, ainsi que Baagon et le directeur des greniers Menothep.

Le matin même, la toilette avait débuté par le rasage complet du corps à l'aide d'une solution antiseptique au henné. Une incision au niveau de l'abdomen est encore visible, elle permit le lavage de l'intérieur du corps à l'aide de vin de palme mélangé à une infusion d'épices et d'aromates.

Les invités assistent maintenant à la purification extérieure du corps, la seule à laquelle des étrangers au métier d'embaumeur puissent participer.

Un embaumeur nettoie le défunt avec de l'eau sacrée, pendant qu'un autre l'enfume à l'aide de résine de térébenthine brûlée.

Une fois le corps séché, ils le nettoient à l'aide d'un linge blanc imprégné d'une substance colorante qui donne au corps d'Ahmir une nouvelle jeunesse. Chacun est stupéfait du travail admirable réalisé par les embaumeurs.

Merci pour votre présence, mais maintenant je vous demanderai de bien vouloir quitter les lieux… le reste du rituel ne doit pas être vu.

— Pourriez-vous simplement nous décrire la suite de la cérémonie ?

— Bien entendu Pharaon. Nous allons procéder à l'excérébration[56] puis dans quelques jours nous retirons les viscères qui seront placés dans ces canopes[57]. Le cœur du défunt doit quant à lui rester près du corps… il lui sera utile lors du jugement d'Osiris. Ensuite, le corps sera recouvert de natron pendant quarante jours, puis la momification proprement dite durera quinze jours.

Mosolan s'approche de l'embaumeur et lui tend une petite boîte en ébène.

— Voici le lieu où devra reposer le cœur d'Ahmir.

— Il sera fait selon votre volonté Pharaon.

Tous les amis du défunt quittent les lieux. Habeyon vers Karnak et les autres à Thèbes.

Dès son retour, Abif fait quérir Qar. Accompagnés de Pharaon et d'une petite troupe, ils se rendent sur Karnak dans les appartements du suspect… pour y découvrir la preuve censée le disculper.

---

[56] Elle consiste à extraire le cerveau en passant par les fosses nasales. Cette étape se fait grâce à un long crochet de fer chauffé à blanc. « *À l'aide d'une tige de bronze enfoncée par la narine gauche, l'embaumeur effondrait la lame criblée de l'ethmoïde, c'est-à-dire l'os séparant les fosses nasales de l'étage antérieur du crâne, et procédait ainsi à l'extraction du cerveau.* »

[57] Les vases canopes, au nombre de quatre, étaient destinés à recevoir les viscères embaumés du défunt. Ils étaient fabriqués en calcaire, en albâtre, en terre cuite, en céramique ou en faïence et étaient déposés près du sarcophage.

CHAPITRE 34

Karnak, Appartement de Qar

Plus ils s'approchent de la maison de Qar, plus ce dernier semble fébrile… l'assurance de la veille a disparu.

— J'espère pour toi que tu ne nous as pas menti, menace calmement Mosolan.

— Que les dieux soient avec moi !

— Tu risques effectivement d'en avoir besoin. Maintenant, montre-nous cette preuve, insiste Abif.

— Dans la malle…

Abif ouvre le coffre dans lequel avait été retrouvé le rasoir. Il ouvre de grands yeux d'étonnement et en sort un battoir brisé. Et se retourne vers Qar.

— Peux-tu m'expliquer ?

Une joie intense semble envahir le médecin.

— C'était donc vrai…

— Je t'écoute.

— Je suis certain qu'il s'agit de l'arme plate en bois qui a provoqué la première blessure.

— Tu viens de m'apporter une deuxième preuve de ta culpabilité !

— Non Abif, au contraire... tu es le témoin qui va me permettre de démontrer mon innocence.

Abif réfléchit un instant, et comprend que Qar dit vrai.

— Tu as raison ; j'avais moi-même fouillé cette pièce après ton départ pour la prison. Quelqu'un l'a donc mis ici pour que les soupçons pèsent encore plus sur toi.

— Exactement ! C'est le cas aussi pour le rasoir...

— ... Mais comment pouvais-tu être certain que quelqu'un allait déposer cette preuve dans cette malle ?

— Je n'en étais pas sûr. Mais j'ai fait un étrange rêve il y a deux jours, j'y voyais un homme de dos déposer quelque chose dans la malle.

— Eh bien, je pense qu'effectivement les dieux étaient avec toi.

— Cela n'excusera jamais mon comportement passé... mais j'espère, de tout mon cœur, permettre l'arrestation du vrai coupable et le voir nettoyer le sang d'Ahmir...

— Nettoyer !.. Mais bien sûr !..

Abif vient de se remémorer une scène qu'il a vécue il y a quelques jours, près du lac Sacrée.

— Abif ?

— Dis-moi, Qar, est-ce que le premier coup aurait pu être provoqué par une pierre de lavage ?

— Oui, très certainement.

— Pharaon, je crois savoir où chercher les coupables.

— Les coupables ?

Ce que ne savent pas les personnes présentes dans la demeure de Qar, c'est que depuis quelques minutes ils sont épiés par Amarbi, qui, affolé par les explications du général, se précipite chez lui pour y rejoindre ses camarades. En chemin, il manque de bousculer Baagon interpellé par la terreur de son condisciple.

Il entre prestement dans sa maison.

— Kerstin, Toufert !

— Que t'arrive-t 'il ?

— Nous devons fuir ! Abif a tout découvert !

— Que dis-tu ?

— Je viens de surprendre une conversation chez Qar, ils ont retrouvé le battoir que j'avais déposé chez lui.

— Pourquoi as-tu fait cela ?

— Je pensais que…

— … imbécile, nous devons fuir maintenant !

— Si le Grand Prêtre nous avait donné les mots de passe des Grands Initiés, nous n'en serions pas là…

Baagon, qui a tout entendu, se précipite à l'intérieur, les insulte et tente de les attraper. Ils ont le réflexe de jeter la table dans sa direction qui lui retombe sur la jambe, une intense douleur l'empêche de les poursuivre. Furieux de s'être fait avoir aussi facilement, il se dirige en boitant vers la maison de Qar.

— Abif, Abif !

— Baagon ? Que t'arrive-t 'il ? Tu es blessé ?

— Les meurtriers, ce sont Kerstin, Amarbi et Toufert, je les ai entendus, j'ai voulu les empêcher de fuir, mais… mais ils ont réussi à me blesser.

— Déployez-vous, il ne faut pas qu'ils s'échappent !

Une dizaine de soldats seulement sont disponibles, les chances de les rattraper sont minces. Au bout de quelques minutes, ils reviennent vers Abif pour lui signifier que les fuyards ont réussi à sortir du domaine.

— Rassure-toi, Abif, je te laisse tous les effectifs du royaume pour te lancer à leur recherche, nous les retrouverons rapidement, ils ne peuvent pas aller bien loin.

— Vous avez raison, Pharaon, mais maintenant tout s'éclaire. L'un d'entre eux l'attendait à la porte du Temple d'Amon afin de lui réclamer l'admission aux Grands Mystères. Avec le refus d'Ahmir, le premier lui a asséné un coup de pierre de lavage sur l'épaule, puis il s'est enfui vers la salle hypostyle où il a reçu le deuxième coup sur la nuque avec le battoir, c'est là qu'il a perdu une sandale, puis il a fui jusqu'à la porte de l'Occident, où le dernier l'a égorgé avec le rasoir volé à Baagon, alors qu'il titubait de douleur.

Baagon s'adresse à Abif et Mosolan.

— Je me souviens d'une légende que nous enseignait Ahmir, *vous ne pourrez jamais détruire l'inattention, la colère ou la jalousie, elles sont en nous, maîtrisez-les et ne laissez entrer dans vos âmes que Bienveillance, Amour et Générosité...* ils n'ont jamais réussi à consolider leur jarre...

Si vous vous vengez, que la vengeance ne dépasse point
l'offense
Le Coran

CHAPITRE 35

Le soir au Palais

Le vizir Ay a décidé d'une peine d'exil pour Qar ; il n'a certes pas tué Nemeth, mais a été complice d'Aduj durant de nombreuses années. Pharaon a donc convoqué Abif pour lui faire part de cette décision, mais également Baagon à qui il souhaite donner une information importante.

— Baagon, de nouveau grâce à ta loyauté, la vérité a éclaté. Ahmir avait pour toi un grand respect et te prédisait un bel avenir. Avec l'accord du nouveau Grand Prêtre Habeyon, nous avons décidé que tu serais à ton tour reçu aux Grands Mystères d'ici quelques semaines.

— J'en suis honoré Pharaon.

Au même moment, le chef de la garde Naliton se précipite dans la grande salle d'Audience et se dirige vers Pharaon.

— Pharaon, un inconnu est à la porte du Palais ; il souhaite vous communiquer un secret de la plus haute importance.

— Accompagne-moi jusqu'à lui.

Mosolan sort voir l'inconnu et après un court laps de temps, revient dans la Grande Salle.

— L'étranger connaît le refuge de l'un des assassins d'Ahmir, il se propose d'y conduire celui qui désirerait le suivre.
— Laissez-moi y aller, Pharaon. S'ils se sont enfuis, c'est entièrement ma faute.
— Ne dis pas de bêtises Baagon, tu n'y es pour rien.
— Laisse Abif, je pense que Baagon mérite cette requête.
— Merci Pharaon.
— Dans ce cas, va ! Tâche d'agir en conséquence... que ta raison et ta conscience soient imprégnées par l'équilibre de Maât qui gouverne le monde !
— Je m'y engage.
— Va où t'appelle le devoir, et que s'accomplisse ce qui doit s'accomplir. Laisse-toi conduire et suis l'étranger.

Baagon et l'inconnu gravissent un chemin sinueux qui mène vers la grotte où se cache l'assassin. Baagon aperçoit la grotte et se précipite vers son entrée. Surprise ! Devant lui... Amarbi, allongé... Allongé et endormi. Un poignard à ses côtés.

Le fuyard se réveille en sursaut.

— Baagon !

Dans un réflexe de survie, il se saisit du poignard et menace Amarbi.

— Tu as tué mon ami !
— Non, c'est Kerstin !
— Mais tu l'as frappé !
— Oui ! Oui ! Il ne voulait pas nous donner notre dû !

Baagon s'élance prêt à lui donner un coup fatal.

— Je t'en supplie Baagon ! Kerstin nous a emportés dans sa folie !
— Tu as joué la comédie avec tes complices devant le corps d'Ahmir ! Vous nous avez fait croire que vous étiez tristes... vous êtes des monstres !

La lame atteint sa cible.

— Tu m'as poignardé !

— Tu as tué mon ami ! Vengeance !

Baagon lui assène un deuxième coup qui l'atteint au cœur et le tue. À cet instant, l'inconnu entre dans la grotte et hurle.

— Baagon ! Qu'as-tu fait ? Que va dire Pharaon ?

Il ne réagit pas, s'empare du cadavre et prend le chemin de retour vers le Palais.

Mosolan est fort réjoui quand il apprend que Baagon est de retour le soir même. Il l'attend, avec Abif et Habeyon, convaincu qu'il ramène le meurtrier d'Ahmir, il médite déjà sur la peine qu'exige la Justice de Maât.

Baagon fait son entrée dans la grande salle et jette le corps d'Amarbi au pied du trône.

— Vengeance ! Justice est faite. J'ai poignardé l'assassin d'Ahmir !

— Qu'as-tu fait ? Qu'as-tu fait ?

— Le meurtrier d'Ahmir est mort de ma main.

— Malheureux ! Tu es devenu toi-même un meurtrier ! Cette lame
 sanglante m'inspire le dégoût ! Réponds ! Qui t'a donné le droit
 de juger et de châtier ? Ton acte va te coûter la vie !

Au même moment, Abif et Habeyon se précipitent à genou près de Mosolan afin d'implorer grâce.

— Pharaon, la désobéissance de Baagon est un effet de son grand
 zèle et de son désir de venger la mort de notre ami Ahmir. Nous
 implorons votre clémence.

— Serais-je devenu insensé moi-même, de désirer à mon tour me
 souiller de sang ? Quand l'homme va-t-il abandonner cette
 attitude de tout régler par le sang ?

À son tour, Baagon s'agenouille et fond en pleurs.

— Je ne savais pas ce que je faisais Pharaon… la main de la
 vengeance m'a guidé…

— Vous avez raison… Isfet a fait une dernière tentative…

— … Pharaon ?

— Je mets fin définitivement à ce cercle infernal en accédant à vos prières… je lui accorde mon pardon.

— Merci.

— Relève-toi. Que cette épreuve soit pour nous tous un rappel que nous ne sommes que des hommes. Baagon, je te conseille de méditer longuement sur ce drame durant les derniers jours qui t'amèneront vers la découverte des Grands Mystères.

CHAPITRE 36

Karnak, an 34 de Mosolan, mois de Khoiak[58]

— Grand Initié, tel est dorénavant votre statut, vous avez découvert les vérités morales et religieuses enfermées sous le voile des mystères.

Cette phrase clôt la cérémonie d'admission aux Grands Mystères de Baagon. Les différents soucis rencontrés par le domaine de Karnak depuis plusieurs années ont décimé le nombre de Grands Initiés. Le Grand Prêtre Habeyon a dû faire appel aux prophètes de Memphis et Héliopolis afin que la cérémonie puisse avoir lieu.

Tous les prêtres sortent rituellement du Temple et se rejoignent sans bruit à la sortie. Habeyon s'approche de Baagon.

— Ce fut une grande joie de t'accueillir parmi nous.

— Merci Grand Prêtre.

— Je ne suis pas éternel Baagon, et je dois préparer ma succession, c'est pourquoi je te nomme officiellement deuxième Prophète de Karnak et mon successeur officiel.

---

[58] Quatrième mois du calendrier nilotique, correspondant à octobre-novembre.

— J'en suis très honoré.

— Maintenant, nous devons préparer les obsèques de notre défunt Ahmir pour lui rendre le plus bel hommage que nous puissions lui donner.

Les funérailles ont lieu le lendemain matin avec la présence des plus grandes autorités du royaume.

La momie du défunt est restée quelques jours dans l'enceinte même de Karnak. Mosolan fit construire un superbe monument funéraire destiné à recevoir la dépouille de l'ancien Grand Prêtre. Élevé à l'extérieur du Temple, c'était un tombeau de marbre blanc, surmonté d'un obélisque triangulaire en marbre noir d'Égypte.

Précédé de Pharaon et son épouse, le cortège s'approche du tombeau. Le sarcophage de granit, dans lequel se trouve la momie d'Ahmir, est transporté par vingt-quatre prêtres.

Un ingénieux système de rampe permet aux transporteurs de déposer le lourd sarcophage dans le tombeau. Pharaon s'approche de l'entrée du tombeau.

— Gardons-nous d'utiliser la lumière d'Ahmir à des fins misérables !

Le Grand Prêtre Habeyon prend à son tour la parole.

— Que cette lumière soit celle que chaque initié aura su faire briller en lui !

— Que les œuvres d'amour et de lumière triomphent toujours des crimes et de la violence !

À ces derniers mots de Pharaon, le tombeau est refermé.

Munis d'une branche d'Acacia, symbole d'éternité, Pharaon, Habeyon, Baagon, Abif, Menothep et quatre autres prêtres se mettent autour du tombeau maintenant scellé et jettent la branche sur la sépulture.

— Que l'Esprit domine la matière !

Le Grand Prêtre confie alors à Mosolan l'urne dans laquelle a été enfermé le cœur d'Ahmir. Il se dirige vers l'obélisque de marbre noir et pose cette urne sur sa pointe.

Abif s'approche de Pharaon, et lui confie une dague de cérémonie, il s'en saisit et transperce l'urne avec l'arme.

— Ceci symbolisera à jamais l'action de la pureté et de l'Amour.

La cérémonie s'achève par une série d'hommages au défunt. Au-delà de la tristesse, Mosolan et Abif ont toujours en tête la fuite des deux derniers assassins de leur ami et savent que tout ne rentrera dans l'ordre qu'une fois Kerstin et Toufert retrouvés.

É P I L O G U E

Les dernières lueurs du Soleil terminent de frapper la porte de l'Ouest du domaine d'Amon. Un silence profond règne sur Karnak... une tristesse en ce mois de Phaophi de l'an 35 de Mosolan... le Grand Prêtre Habeyon vient de s'éteindre à son tour.

Le royaume vit, depuis plusieurs années, le combat permanent de Maât contre Isfet, et l'émergence de l'homme providentiel, que fut Ahmir, permit une première fois de rétablir l'équilibre. Les dieux en ont décidé ainsi... Mais où étaient-ils ce soir fatidique... serait-ce là le prix à payer ?

Une fois de plus, l'Isfet a frappé...

Mais Mosolan le sait... le ressent... il rôdera tant que Kerstin et Toufert ne seront pas retrouvés et jugés.

Pourtant, dès le lendemain reparaît un espoir... le couple d'ibis est de retour dans le Lac Sacré qu'ils avaient fui le jour de la mort d'Ahmir. Ce signe, Mosolan l'attendait depuis des mois. Le moment est enfin venu pour lui de nommer un nouvel homme providentiel à la tête de Karnak… Baagon.

Ahmir lui vouait une grande confiance. Mosolan se remémore ce jeune homme, fils d'un des plus grands notables du royaume, qui, malgré son statut, décida de rejoindre la vie simple des prêtres Ouêb… ce fut-là probablement sa première… renaissance.

Mais l'Isfet, sous l'incarnation d'Aduj, propagea le chaos, dont Baagon dut souffrir. Sans l'intervention d'Ahmir, son sort aurait sans doute était tout autre. Son ami a su, le premier, détecter en lui bienveillance, bonté… sagesse. Grâce à la persévérance d'Ahmir, sa progression put reprendre afin qu'il devienne à son tour père divin.

Mais l'Isfet, sous l'incarnation des trois mauvais prêtres, le fit de nouveau descendre dans l'enfer d'une accusation cruelle… la pire… l'assassinat de son ami. Ce dernier assaut du mal aurait pu lui être fatal, en l'amenant à se substituer à Maât, par la vengeance… heureusement, la bienveillance de ses amis l'a à nouveau sauvé de ce trépas.

La renaissance ultime est apparue évidente à Mosolan, Baagon, qui avait été par deux fois accusé à tort, devait devenir le successeur d'Ahmir, le trois fois sage par le corps, l'âme et l'esprit, le nouveau Grand Prêtre de Karnak … *Celui qui ouvre les deux portes du Ciel.*

Maât avait retrouvé sa place au sein du domaine d'Amon, mais pas sur tout le royaume… Toufert et Kerstin étaient toujours en fuite.

Mosolan et Abif mirent toutes leurs forces pour retrouver les deux derniers assassins à travers toute l'Égypte.

Les premières informations confirmèrent que Toufert et Kerstin avaient quitté la montagne, où leur complice Amarbi fut retrouvé, pour se réfugier dans le nome du pays de Nubie, au sud de la Haute-Égypte… celui-là même où Qar fut envoyé en exil.

Le sort voulut qu'ils croisent la route de l'ancien médecin de Karnak. Cela se déroula en plein après-midi, sur l'un des marchés les plus fréquentés du nome de Nubie… que d'arrogance… que de confiance ; peut-être s'imaginaient-ils en sécurité loin de Karnak. Ils ne reconnurent pas Qar, tant son aspect avait changé ; une longue barbe grise était dorénavant son apanage. Il n'en crut pas ses yeux... il faillit se jeter sur eux... Non ! Il a commis assez d'erreurs comme cela par le passé... c'est à Pharaon de juger. Il fit prévenir Mosolan qui envoya immédiatement le général Abif accompagné de quatorze de ses plus fidèles soldats. Durant les cinq jours d'attente, Qar suivit la trace des deux assassins, il les épia jour et nuit. En arrivant sur place, Abif faillit ne pas reconnaître l'ancien médecin de Karnak usé et fatigué par ces cinq derniers jours où il ne prit jamais le temps de dormir. Les deux fuyards furent débusqués rapidement de leur cachette, aménagée dans une carrière, et ramenés aussitôt à Thèbes.

La nouvelle, que les deux derniers assassins du Grand Prêtre Ahmir avaient été retrouvés, fut vite répondue dans la population. C'est une foule de curieux qui accompagne le cortège de soldats jusqu'à l'entrée du Palais de Mosolan.
— Arrêtez-vous ! Il n'est pas question que ces hommes viennent souiller ces lieux.
Le vizir Ay vient de prendre la parole. Ils ont décidé, avec Mosolan, que le verdict serait annoncé à l'ensemble de la population en même temps qu'aux deux assassins.
Un grand silence se fait en attendant la décision...
La sentence de Pharaon est irrévocable... la peine capitale.

Quelques semaines plus tard, le calme et la sérénité règnent de nouveau sur le royaume, en ce mois de Phaophi, la fête de l'Opet, dirigée par Mosolan et Baagon, est un grand succès populaire.

En fin de journée, dans le temple de Louqsor, les deux hommes s'isolent un moment. Le Grand Prêtre s'approche de Pharaon.
— Puis-je vous poser une question ?
— Je vous écoute, Grand Prêtre.
— Pensez-vous que l'Isfet a été enfin vaincu ?

Mosolan hésite un instant avant de répondre.

— Suivez-moi.

Les deux hommes circulent en silence dans les méandres du Temple puis Mosolan s'arrête net.

— Retournez-vous et regardez ce mur.

Baagon s'exécute et commence à lire les inscriptions anciennes, qui y figurent. *Rê a placé le roi sur la terre des vivants, pour toujours et à jamais, pour juger les hommes et satisfaire les dieux, pour faire advenir Maât et anéantir Isfet, en donnant des offrandes aux dieux et des offrandes funéraires aux défunts.*

— Mon cher Baagon, c'est un éternel combat, et je suis certain de notre victoire… tant que des hommes sages y contribueront.